독일인의 사랑

막스 뮐러 지음 | 박용철 옮김

소담출판사

박용철

서강대학교 영어영문학과 졸업.
공저로 『한국 사회문화 현상의 기호론적 분석』, 『비전 2000』이 있고,
역서로 『광고인이 되는 법』 외 다수가 있다.

sodampublishingcompany

BESTSELLERWORLDBOOK 16

독일인의 사랑

펴낸날 | 1991년   9월 10일 초판 1쇄
        1996년   3월 5일 중판 1쇄
        2003년 11월 20일 중판 26쇄

지은이 | 막스 뮐러
옮긴이 | 박용철
펴낸이 | 이태권
펴낸곳 | 소담출판사
        서울시 성북구 성북동 178-2 (우)136-020
        전화 | 745-8566~7 팩스 | 747-3238
        e-mail | sodam@dreamsodam.co.kr
        등록번호 | 제2-42호(1979년 11월 14일)

ISBN 89-7381-016-2 00850
● 책 가격은 뒤표지에 있습니다.

www.dreamsodam.co.kr

Deutsche Liebe

Friedrich Max Müller

진실로 가장 고귀하고 선한 것은
그것이 가장 고귀하고 선한 것이라는 그 이유만으로도
우리에게는 가장 사랑스러운 것이 되어야 한다.

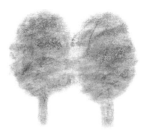

Deutsche Liebe

차례

첫 번째 회상

어린 시절은 그 나름의 비밀과 경이로움을 가지고 있다. 하지만 누가 그걸 적절히 표현할 수 있으며 그 뜻을 풀어서 해석할 수 있겠는가? 우리들은 모두 이 고요한 경이의 숲을 지나왔다. 한때 그 지극한 행복감에서 눈을 떴으며, 인생의 아름다운 현실이 밀물처럼 밀려와 우리의 영혼에 흘러 넘쳤었다. 그때 우리들은 어디에 있는지, 우리 자신이 누구인지 몰랐었다. 그때는 온 세계가 우리의 것이었으며, 우리는 온 세계의 것이었다. 그것은 일종의 영원한 삶이었다. 시작도 끝도 없고, 정지도 고통도 없는 영원한 삶이었다. 우리의 마음속은 가을 하늘처럼 맑았고, 오랑캐꽃 향기처럼 신선했었다. 그리고 주일날 아침처럼 고요하고 거룩했다.

그런데 무엇이 어린 시절의 이런 평화를 깬 것일까? 어찌하여 이처

럼 순수하고 천진난만한 시절이 종말을 고하게 된단 말인가? 무엇이
우리를 그 유일하고 완전한 축복으로부터 내몰아쳐 갑작스럽게 어두
운 삶 속에서 외롭고 쓸쓸하게 살도록 하는가?

그렇게 만든 것은 '죄악'이라고 엄숙하게 말하지는 말자! 어린아
이가 어찌 죄 같은 것을 범할 수 있단 말인가? 차라리 이렇게 말하자.
'우리는 그것을 알지 못하며, 단지 그 섭리에 따라갈 뿐이라고.'

꽃봉오리가 꽃이 되고, 꽃이 다시 열매가 되며, 열매가 한줌 흙으
로 돌아가는 것이 죄악이란 말인가?

애벌레가 번데기가 되고, 번데기가 나방이 되고, 나방이 먼지로 되
는 것도 죄악이란 말인가!

어린이가 어른이 되고, 어른이 노인이 되고, 노인이 한줌 흙으로
돌아가는 것이 죄악이란 말인가? 그렇다면 대체 흙이란 무엇이란 말
인가!

차라리 이렇게 말하라. 우리는 아무것도 모르며 오로지 자연의 섭
리에 따를 뿐이라고.

하지만 인생의 봄날을 회상하고 추억에 잠긴다는 것은 아름다운
일이다. 그렇다, 인생에 있어서는 무더운 여름에도, 우울한 가을에
도, 차가운 겨울에도 때때로 봄날과 같은 때가 있어 가슴은 이렇게
말한다.

'오늘은 내 기분이 봄날 같다.'

오늘이 바로 그런 날이다. 나는 향기로운 숲속, 푹신한 이끼 위에

누워 나른한 팔다리를 쭉 펴고 초록 잎새들 사이로 끝없이 펼쳐진 파란 하늘을 올려다본다. 그리고 생각에 잠긴다. 어린 시절은 어떠했던가 하고.

그러나 모든 것이 잊혀진 것 같다. 기억의 앞쪽 몇 장은 오래도록 전해 내려온 낡아버린 성경 같다. 앞쪽의 몇 장은 퇴색되고 좀먹어 희미하고 깨끗하지도 않다. 그러나 페이지가 넘어가 아담과 이브가 에덴 동산에서 추방되던 장에 이르면 비로소 좀 깨끗해지기 시작하여 읽을 만한 페이지가 나오게 된다.

그 책의 발행장소와 발행연도가 적힌 표지만이라도 얻을 수 있다면 얼마나 좋겠는가! 하지만 그런 것은 없어져 버렸고, 그 대신 그 곳에는 한 장의 깨끗한 사본이 끼어져 있을 뿐이다. 그것은 바로 우리의 세례 증서이다. 거기에는 우리가 태어난 날짜와 부모님의 성명과 대부(代父)의 이름이 적혀 있다. 그것은 우리들이 출판 연대도 발행처도 알 수 없는, 번지 없는 간행물이 아님을 알려준다.

그렇지만 그 처음——애초에 처음이라는 것이 없는 편이 나았을 것을——을 생각하면 갑자기 모든 추억이 사라져 버리고 만다. 왜냐하면 그 처음이라는 것을 생각해 보려면 온갖 사고와 추억들이 사라져 버리고 말기 때문이다. 따라서 어린 시절로 돌아가 그 시절로부터 시작하여 다시 또 무한한 과거로 꿈을 꾸며 들어가면 심술궂은 그 처음이란 것은 점점 도망쳐 달아나 버린다. 그리하여 우리의 생각은 아무리 그것을 따라잡으려 해도 결코 그것을 따라잡을 수가 없다. 마치 어린이들이 푸른 하늘과 땅이 맞닿은 지평선을 찾아 뛰고 끊임없이 달려도 하늘은 여전히 대지 위에 높이 떨어져 있을 뿐, 아이는 점점 피로해져서 도저히 그곳에 도달할 수가 없는 것처럼.

그렇지만 만약 우리가 언젠가 한 번쯤 그곳에 도달한다 하더라도, 우리 존재가 시작된 그 시발점에 있게 된다 해도 거기서 우리는 무엇을 기억해낼 수 있단 말인가?

우리의 기억이란 것은, 엄청난 파도에서 빠져나와 아직도 그 눈에서 눈물이 뚝뚝 떨어지는 강아지와도 같다.

그러나 내가 확실히 기억할 수 있는 때는 처음으로 별들을 쳐다보게 되었을 때라고 하겠다. 물론 그 전에도 별들은 여러 번 나를 내려다보았을 테지만 말이다.

어느 날 밤이었던가, 뺨이 너무나 차게 느껴진 밤이었다. 어머니 품에 안겨 있었는데도 오싹오싹 몸이 떨리고 추웠다. 아니면 두려움에 사로잡혀 있었는지도 모른다. 어쨌든 내 마음속에 무언가가 다가와 보통때와는 달리 내 조그마한 존재에 대해 좀더 주의를 기울이도록 재촉하는 것이었다.

그때 어머니가 빛나는 별들을 내게 보여주셨다. 나는 너무 신비스러워서, 아마도 어머니가 별들을 저토록 아름답게 꾸미신 것이리라고 생각했다. 그리고 나는 갑자기 포근해짐을 느끼며 잠 속으로 빠져들어갔던 것 같다.

그리고 또 언젠가 풀밭에 누워 있던 일을 기억한다. 나를 둘러싼 주위의 모든 것들이 흔들거리며 내게 눈짓을 보냈고, 벌레들이 바람 소리를 내며 왱왱거렸다. 그때 발이 여럿 달리고 날개를 파닥이는 한 떼의 작은 벌레들이 내게로 달려와 내 이마와 눈 위에 앉아 인사를 했다. 하지만 나는 눈이 아파 곧 어머니를 불렀다.

어머니는 「아이, 가여운 것. 몹쓸놈의 모기가 물었구나」 하고 말씀 하셨다. 나는 눈을 뜰 수가 없어서 더이상 푸른 하늘을 볼 수 없었다. 그때 마침 어머니가 들고 계시던 오랑캐꽃 한 다발에서 그 자줏빛 꽃 의 싱싱하고 짜릿한 향기가 내 몸 구석구석까지 스며드는 것 같았다. 그래서 지금도 봄이 오고 봄에 핀 첫 오랑캐꽃을 보면 으레 그때 일 이 생각나서 가만히 눈을 감고 자줏빛 하늘을 마음에 되살려 그려 보 는 것이다.

그 다음으로 기억나는 것은 별의 세계나 오랑캐꽃보다도 더 아름 다운 또다른 새로운 세계가 내 앞에 열린 일이다. 그것은 부활절 아 침의 일이었다. 어머니는 일찍 나를 깨우고 옷을 입혀 주셨다. 창문 밖에는 오래된 우리 교회가 보였다. 그 교회는 아름답다고는 할 수 없었지만, 높다란 지붕과 뾰족탑이 있었고, 그 탑 위에는 금빛 십자 가가 달려 있었으며, 다른 건물에 비해 낡고 우중충해 보였다.

한번은 그곳에 누가 살고 있는지 궁금하여 쇠창살로 된 틈으로 그 안을 들여다본 적이 있었다. 안은 텅 비어 있었고, 그 건물에는 아무 런 그림자도 보이지 않았다. 그리고 그때부터 그 문 옆을 지날 때마 다 몸에 소름이 끼치곤 했다.

부활절에는 새벽부터 비가 내리더니 아침이 되면서 태양이 찬란한 모습으로 떠올랐다. 그리고 그 고색창연한 교회는 회색의 지붕, 높다란 창문, 금빛 십자가가 걸린 종탑 등 모두가 햇빛 속에 빛나기 시작했다.

갑자기 높다란 창문을 통해 쏟아지는 햇살이 이리저리 춤추며 움직이기 시작했다. 그 광선은 너무나 밝아 쳐다볼 수도 없을 정도였다. 눈을 감자, 그 빛은 내 영혼 깊숙이 파고들어 내면에 있는 모든 것을 빛내고, 향기를 풍기고, 노래하고, 진동하는 것 같았다. 마치 나의 내부에서 새로운 생명이 싹터 내가 전혀 다른 사람이 된 듯한 기분이기도 했다. 나는 그것이 무엇이냐고 어머니에게 물었더니, 어머니는 교회 안에서 부르는 부활절 노랫소리라고 말해 주셨다.

그 당시 내 영혼을 파고들었던 그 맑고 성스러운 노래가 무슨 노래였는지 알지 못한다. 그것은 아마 루터의 굳어 버린 영혼에까지 스며들었던 옛날 찬송가임이 틀림없으리라.

나는 그후 그런 노래를 두 번 다시 듣지 못했다. 그러나 지금도 베토벤의 아다지오나, 마르첼로의 성가나, 헨델의 합창곡, 스코틀랜드의 고지(高地)에나 티롤 지방의 소박한 민요를 들을 때면 그때 그 높은 교회의 창문들이 다시 빛을 발하는 것 같고, 오르간 소리가 내 영혼 속으로 스며들어 새로운 세계가 열리는 것만 같다. 별이 총총한 하늘이나 오랑캐꽃 향기보다 더 아름답던 그 세계가……

이런 것들이 내 어린 시절에 대한 기억들이다. 그리고 그 사이사이에 사랑하는 어머니의 얼굴과 인자하면서도 엄했던 아버지의 눈빛이 떠오른다. 그 외에 정원과 포도 덩굴과, 연초록빛 잔디와 오래된 귀중한 그램책들, 대체로 이런 것들이 빛바랜 나의 처음 몇 페이지의 기억에서 찾아낼 수 있는 전부이다.

그리고 그 이후부터 모든 것이 갈수록 선명하고 밝아진다. 숱한 이름들과 여러 사람의 모습이 떠오른다. 아버지, 어머니뿐만 아니라 형제자매, 친구들과 선생님들의 모습이 떠오르며, 그 밖에도 많은 낯선 사람들의 모습이 떠오른다. 그렇다, 낯선 타인들에 관한 수많은 것들이 추억 속에 담겨져 있다.

두 번째 회상

우리 집 가까이, 그러니까 금빛 십자가가 달린 그 오래된 교회 건너편에 그 교회보다 더 높고 우중충한 건물이 한 채 서 있었다. 거기에는 많은 종탑들이 있었다.

하지만 그 탑 꼭대기에는 금빛 십자가가 없었다. 그 대신 돌로 조각한 독수리가 앉아 있었고, 현관 바로 위쪽에 솟아 있는 제일 높은 탑 꼭대기에는 희고 푸른 커다란 깃발이 펄럭였다. 그 문으로부터 계단을 통해 올라가도록 되어 있는데, 그 양편에는 기마병 두 사람이 항상 보초를 서고 있었다.

그 건물에는 창문이 무척 많이 나 있었는데, 그 창문에는 금빛 수술을 단 붉은 비단 커튼이 드리워져 있었다. 앞뜰에는 오래된 보리수 나무가 병풍처럼 빙 둘러 서 있고 여름이 되면 진초록 잎이 회색 담

벼락에 그늘을 만들었으며, 그 밑 잔디밭에는 희고 향기로운 꽃잎들이 흩어져 있었다.

나는 자주 그 안을 들여다보곤 했다. 그런 어느 날 저녁이었다. 보리수는 향기를 내뿜고 창문마다 환하게 불빛이 새어나왔으며 사람 그림자도 어른어른 보였다. 위층에서는 음악이 흘러나오고 쉴새없이 마차가 와서 멈춰 서더니 남녀 어른들이 마차에서 내려 서둘러 층계를 올라가곤 했다.

그들은 모두 우아하고 아름다워 보였다. 남자들은 가슴에 별 모양의 훈장을 달았고, 여자들은 머리에 예쁜 꽃을 꽂고 있었다. 나는 그때 나 자신은 왜 그곳에 들어가지 않는가에 대해 생각해 보았다.

그러던 어느 날 아버지께서 내 손을 잡고 말씀하셨다.

「자, 저 성에 들어가 보자꾸나. 하지만 후작 부인과 얘기할 때는 예의바르게 행동해야 한다. 그리고 그분의 손에다 키스를 해드리는 것도 잊지 마라.」

나는 그때 여섯 살 정도였다. 나는 여섯 살 아이들이 기뻐할 수 있는 만큼의 기쁨을 맛보았다. 그 이전부터 나는 저녁이면 불빛이 새어나오는 그 창에 아련히 비치는 그림자를 보고 남몰래 수없이 상상의 날개를 펼쳤다. 그리고 후작님 내외분에 대해 여러 가지로 칭송하는 말들을 들어왔었다. 그분들은 인정이 많아서 가난한 사람들과 병자들에게 도움과 위안을 베풀어, 착한 사람들을 지켜주고 악인들을 벌주기 위하여 하느님이 택하신 사람들 같다는 이야기를 여러 번 들었었다. 그랬기 때문에 나는 이미 그 성안에서 일어나는 일들을 마음속에서 그려보았으며, 내게는 후작님 내외분이 마치 호두까기 인형이나 납으로 만든 장난감 병정처럼 친한 사람으로 생각되었다.

아버지와 함께 층계를 오를 때, 나의 가슴은 마구 뛰었다. 후작께는 '전하'라고 부르고, 후작부인께는 '비전하(妃殿下)'라 불러야 한다고 아버지가 나에게 일러주시는 동안, 벌써 큰 문이 활짝 열리더니 내 눈앞에는 반짝이는 눈을 한 키 큰 부인이 서 있었다. 그녀는 내 앞으로 다가와 손을 내밀 것만 같았다. 그녀의 얼굴에는 오래 전부터 잘 알고 있었던 것 같은 친근함이 서려 있었고, 뺨 위로는 신비로운 미소가 스쳐 지나갔다.

나는 가만히 참고 있을 수가 없었다. 아버지가 문 앞에 서서 왜 그러는지 몸을 깊게 구부리고 있는 동안, 나는 가슴이 답답해서 견딜 수가 없었다. 그래서 나도 모르게 기분을 이기지 못하여 그 아름다운 부인에게로 달려가 부인의 목에 매달려 어머니에게 하듯 키스를 하고 말았다. 그 아름답고 고상해 보이는 부인은 내 행동을 기꺼이 받아들이며 나의 머리를 쓰다듬고는 미소를 지었다. 그러나 아버지가 내 손을 잡아끌더니 얌전히 있지 못하겠느냐며 다시는 여기에 데려오지 않겠노라고 말씀하셨다.

나는 머릿속이 혼란해지며 뺨이 상기되는 것만 같았다. 나는 비전하를 쳐다보면서 그분이 나를 감싸주리라고 기대했으나, 그녀의 얼굴에는 부드럽지만 어딘지 엄숙한 표정이 떠올라 있을 뿐이었다.

나는 다시 방안에 모여 있는 신사숙녀들을 쳐다보며 그들이 내 편을 들어주지 않을까 하고 생각했다. 그러나 그들은 나를 향해 웃음을 터뜨릴 뿐이었다. 나는 눈물을 흘리며 곧장 문밖으로 뛰쳐나와 층계를 내려 앞뜰에 서 있는 보리수나무 곁을 지나 집으로 내달렸다. 집에 도착한 나는 어머니 품에 안기며 흐느껴 울기 시작했다.

「무슨 일이 있었니?」

하고 어머니가 물었다.

「엄마, 저 성에 갔었어요. 그런데 비전하께서…… 그분은 마음씨 좋은 아름다운 분이었어요. 그래서 나는 엄마에게 하듯이 비전하의 목을 껴안고 키스를 하고 말았어요.」

「저런! 그런 짓은 하지 말 걸 그랬구나. 그분들은 남인데다 아주 높은 분들이란다.」

「다정스런 눈길로 나를 쳐다보고 나를 귀여워해 주는 분이라면 누구든 좋아해도 괜찮지 않아요?」

하고 나는 물었다.

「좋아하는 거야 괜찮지만, 그러나 그걸 표시해서는 안 되는 거란다.」

나는 계속 울었다.

「사람을 좋아하는 게 나쁜 일인가요? 왜 그걸 겉으로 표현해서는 안 되는 거죠?」

「네 말이 옳기는 하다만, 아버지 말씀에 따라야지. 너도 크면 알게 될 거야. 아름다운 부인이 다정한 눈길을 보낸다고 해서 무조건 그 부인의 목에 매달려 키스하는 것이 왜 안 되는지 말이다.」

그 날은 우울한 날이었다. 아버지께서는 집에 돌아오셔서도 버릇 없이 굴었다고 나를 호통 치셨다. 어머니는 그날 밤 나를 잠자리에까지 데려다 주셨다. 나는 기도를 드렸으나 잠이 오지 않았다. 그리고 좋아해서는 안 된다는 그 남이라는 게 도대체 무엇일까 하고 곰곰이 생각하지 않을 수 없었다.

불쌍한 인간의 마음이여! 봄이 다 가기도 전에 너의 잎은 꺾이고, 날개의 깃털마저 뽑히는구나! 인생의 새벽안개가 영혼의 그 은밀한 꽃받침을 열어주면 그 내부는 사랑이라는 향기로 가득 찬다.

우리들은 서고 걷는 것, 말하고 읽는 것 등을 배운다. 하지만 누구도 우리에게 사랑을 가르쳐 주지는 않는다. 사랑이란 우리들의 생명과 같은 것이어서 그것은 태어날 때부터 가지고 온 우리 존재의 밑바탕이라고 사람들은 말한다.

천체가 서로 당기고 이끌리는 영원한 중력의 법칙에 의하여 서로 결합하는 것과 같이 인간의 마음도 서로 이끌리고 이끌리며 사랑이라는 영원한 법칙에 의해 결합되는 것이다.

한 떨기의 꽃도 햇빛이 없으면 피지 못하듯, 사람도 사랑 없이는 살아갈 수 없다. 낯선 세상의 냉혹한 진눈깨비가 어린아이의 마음에 처음으로 불어닥칠 때, 하느님의 빛과 사랑처럼 부모의 시선에서 사랑의 따뜻한 햇살이 아이에게 비쳐오지 않는다면 어린아이의 가슴은 그 두려움을 어떻게 견뎌낼 수 있을까?

그때 어린아이의 마음속에서 눈뜨는 동경(憧憬)이란 가장 순수하고 깊은 사랑이다. 그것은 온 세계를 포옹하는 사랑이며, 해맑은 눈동자가 그를 향해 빛날 때 타오르는 사랑이며, 서로의 목소리를 들을 때 환호하는 사랑이다. 그것은 옛부터 헤아릴 수 없는 사랑이며, 어떤 측량기로도 그 깊이를 측정할 수 없는 깊디깊은 우물이며, 퍼도 퍼도 마르지 않는 분수의 원천이다.

그러므로 사랑을 아는 사람이라면 사랑에는 척도라는 것이 없다는 것, 사랑에는 많고 적음이 있을 수 없다는 것, 사랑을 할 때는 온 마음과 영혼을 다 바치고 온 정열과 정성을 다해야 한다는 사실을 안다.

하지만 우리가 우리 생애의 반도 채 살기 전에 그 사랑이 다 없어져 그토록 작은 부분만 남게 되다니! 어린아이들은 세상에 타인이라는 존재를 인식하게 되면서부터 어린이의 세계와는 멀어지게 된다. 사랑의 우물은 물줄기를 잃게 되고, 세월이 흐름에 따라 아예 말라버리고 만다. 우리들의 눈은 빛을 잃어버리고, 우리들은 어지러운 이 세상에서 우울한 표정을 짓고 서로 스쳐지나가 버리고 만다. 우리는 거의 서로 인사를 나누지도 않는다. 인사를 했다가 거절당하면 마음이 상하게 된다는 사실을 알기 때문이며, 또는 한 번 인사를 나누고 악수를 한 사람들과 헤어져야 할 때 얼마나 마음이 쓰라린가를 알기 때문이다.

영혼의 날개는 깃을 잃어버리고, 꽃잎은 찢겨 시들고, 마르지 않던 사랑의 샘에는 겨우 몇 방울밖에 안 되는 물만 남아 우리 혀를 조금 적셔 주어 간신히 목이 타 죽는 것만 면할 수 있게 할 뿐이다. 우리는 그 몇 방울의 물을 사랑이라 부르고 있지만, 그것은 순수하고 완전한, 즐거운 어린아이의 사랑은 아니다. 그것은 공포와 빈곤을 지닌 사랑, 용솟음치는 격정과 불타는 정열을 지닌 사랑이다. 그리고 작열하는 사막 위에 내리는 빗방울처럼 스스로 소모되는 사랑이며, 요구하는 사랑이지 주는 사랑이 아니다. 내 것이 되기를 요구하는 사랑이지, 네 것이 되고 싶다는 사랑이 아니다.

바로 이기적인 사랑, 절망적인 사랑인 것이다. 시인이 노래하고 젊은 남녀가 믿는 사랑이란 바로 이런 부류의 사랑이다. 그것은 활활 타다가 꺼지고마는 불꽃으로, 따뜻하게 해주지도 못하고 연기와 재만 남을 뿐이다. 우리는 그 불꽃을 영원한 사랑의 태양이라고 믿었던 적이 있다. 하지만 그 빛이 밝으면 밝을수록 뒤이어 오는 암흑은 더 어둡기만 하다.

그리하여 주위가 온통 어둠에 묻힐 때, 우리가 진실로 고독을 느낄 때, 모든 사람들이 우리들 곁을 스쳐 지나가면서도 우리를 몰라볼 때, 그럴 때는 가끔 가슴속에 잊어버렸던 감정이 되살아난다. 우리는 그 감정이 무엇인지 모른다. 그것은 사랑도 우정도 아니기 때문이다.

냉담하게 우리들은 스쳐지나가 버리는 사람들을 붙들고 '나를 모르세요?' 하고 묻고 싶으리라.

그러한 때 맺어진 인간관계는 형제간이나 부자간이나 친구간보다 훨씬 더 가깝게 느껴진다. 그렇게 되면 타인은 가장 가까운 이웃이라는 성서의 오래된 잠언처럼 우리의 영혼 속으로 울려온다.

　그런데 왜 우리들은 아무 말도 하지 않은 채 그들을 지나쳐버려야 한단 말인가? 우리들은 그것을 모르며, 섭리에 따를 수밖에 없다. 두 개의 기차가 레일 위를 서로 엇갈리며 지나갈 때, 당신에게 인사하고 싶어하는 시선을 보거든 손을 뻗어 그대를 지나치려 하는 친구의 손을 잡아 보도록 애써라. 그렇게 하면 당신은 아마 이해하게 되리라. 이세상에서 사람들이 왜 아무 말 없이 사람들의 곁을 지나쳐 가는지를.

　옛날 어느 현자는 이런 말을 했다.

　「나는 난파당한 작은 배의 조각들이 바다 위를 떠다니는 것을 본 적이 있다. 그 중에서 몇 개의 조각은 서로 만나 잠시 붙어서 다녔으나 잠시 후 폭풍이 몰아쳐와서 하나는 서쪽으로 다른 하나는 동쪽으로 몰고 가버렸다. 그것들은 이세상에서 다시는 만나지 못하게 될 것이다. 인간의 운명도 이와 마찬가지이다. 다만 그와 같은 거대한 난파를 본 사람이 아무도 없을 따름이다.」

세 번째 회상

유년 시절이라는 하늘에 낀 구름은 그리 오래가지 않는다. 따뜻한 눈물 같은 비가 잠시 내리고 나면 그것은 곧 사라지고 만다.

나는 얼마 후 다시 성에 가게 되었으며, 후작 부인은 내가 입을 맞추어서는 안 된다는 그 손을 내게 내밀어 키스를 허락해 주었다. 그리고 그분은 그분의 어린아이들을 데리고 와서 나와 함께 놀도록 해 주었다. 나는 그들과 오랫동안 사귄 친구처럼 즐겁게 놀았다.

나는 그때 학교에 다니고 있었는데 성에 가는 것은 학교가 파하고 난 뒤에 내가 갖는 행복한 시간들이었다. 성안에는 무엇이든지 있었다. 어머니가 가게의 진열장을 지나치며 「저건 가난한 사람들이 일주일 간을 먹고 살 수 있는 돈을 지불해야 살 수 있다」고 하신 장난감들이 얼마든지 있었다. 내가 그 장난감을 가지고 가 어머니에게 보여드리고 싶다고 후작 부인께 간청하자 쾌히 허락해 주셨으므로 집에 가지고 와 어머니에게 보여줄 수도 있었고, 며칠씩 집에서 갖고 놀 수도 있었다.

그리고 성에서는 예쁜 그림책들을 뒤적이며 몇 시간이고 구경할 수도 있었다. 그것들은 내가 아버지와 함께 서점에서 겨우 구경이나 할 수 있었던 것들이었는데, 아버지는 그 책들은 착한 아이들만 가질 수 있다고 하셨다.

어린 공자들이 소유하고 있는 모든 것은 동시에 내 것이기도 했다. 적어도 나는 그렇게 믿었다. 나는 내가 갖고 싶은 것들을 집으로 가져올 수도 있었고, 그 장난감들을 가지고 와서 다른 아이들에게 줄 수도 있었기 때문이다. 요컨대 나는 문자 그대로 어린 공산주의자였던 것이다.

언젠가 이런 일이 있었다. 그때 후작 부인께서는 팔에 차고 있던 번쩍거리는 금으로 만든 뱀을 우리들에게 가지고 놀라고 준 일이 있었다. 그것은 마치 살아 움직이는 뱀 같았다. 나는 집으로 돌아올 때 어머니를 놀라게 해주려고 팔에다 감았다. 도중에 나는 어떤 부인을 만났는데, 그걸 좀 보여달라고 애원했다. 그러면서 그 금으로 만든 뱀을 가질 수만 있다면 자기 남편을 감옥에서 풀려나게 할 수도 있을 거라고 말하는 것이었다.

나는 생각해 볼 틈도 없이 그것을 그녀에게 건네주고는 뛰어와 버렸다. 그런데 그 다음날 큰 소동이 벌어졌다. 그녀는 성으로 잡혀와

울고 있었고, 사람들은 그녀가 그 팔찌를 훔쳤다고 했다. 나는 화가 몹시 나서 열심히 설명했다. 그녀가 훔친 게 아니라 내가 선물했으며, 결코 되돌려받고 싶지 않다고 열변을 토했던 것이다. 그 일이 어떻게 결말 지어졌는지는 기억나지 않지만, 그 일이 있은 후부터는 내가 집으로 가져오는 물건은 어떤 것이든 먼저 후작 부인께 보여주어야만 했다.

그러나 그 후로도 나는 내 것과 남의 것을 구별하는 관념이 완전히 발달하기까지 꽤나 오랜 시간이 걸렸다. 그것은 내가 마치 빨간색과 파란색을 오랫동안 구별하지 못했던 것처럼 그 후로도 그 관념은 오래도록 서로 엇갈리기만 했다.

친구들에게 웃음거리가 되었던 적도 있었다. 어머니가 내게 사과를 사오라고 1그로셴을 주신 적이 있었다. 그런데 사과는 겨우 1젝서 어치였다. 내가 사과 장수에게 1그로셴을 주자 우울한 표정을 짓더니 종일 아무것도 팔지 못해서 거스름돈을 내줄 수 없다고 말하는 것이었다. 그러면서 그녀는 내가 1그로셴어치 사과를 사갔으면 하고 바랐다. 그때 나는 주머니 속에 젝서가 있다는 생각이 떠올라 그 어려운 문제가 풀려지게 된 것을 만족스럽게 여기며 그것을 꺼내어 그녀에게 주었다.

「자, 이걸로 나에게 거스름돈을 내줄 수가 있겠군요.」

그러자 그녀는 나의 말뜻을 알아차리지 못하고 내게 1그로셴짜리를 되돌려주고는 젝서만을 받았다.

내가 거의 매일같이 공자들과 놀기도 하고 프랑스어를 배우기도 하던 그 시절에 대한 또 한 가지 추억이 떠오른다.

　영주의 딸인 마리아 공녀이다. 그녀의 생모는 그녀를 낳자마자 죽고, 영주는 재혼을 했던 것이다. 내가 그녀를 처음으로 본 것이 언제였는지 그것은 기억이 나지 않는다.

　그녀는 내 기억의 암흑 속에서 조금씩 그 모습을 드러내고 있었다. 처음에는 공중에 떠도는 그림자 같다가 그 인상이 점점 또렷해져 마침내 그 모습은 폭풍우 치는 밤에 구름의 베일을 벗어 던지고 얼굴을 내미는 달님처럼 내 영혼 앞에 나타나는 것이었다.

　그녀는 몸이 허약해 늘 침대 신세를 졌고 말이 없었다. 그녀는 두 사람의 시중꾼이 이끄는 침대차에 누운 채 우리들이 노는 방으로 옮겨져 왔고, 그녀가 피곤해하면 다시 밖으로 실려 나가곤 했다.

　그녀는 하얀 옷을 입고 있었고, 대개는 두 손을 반듯하게 깍지끼고 누워 있었다. 얼굴은 창백했으나 참으로 온화하고 아름다웠으며, 눈은 너무 깊고 신비스러워 나는 그녀 앞에 서기만 하면, 저 여자도 역시 '남'일까 하고 스스로에게 물어보곤 했다. 그녀는 가끔 손을 들어 내 머리를 어루만졌는데, 그럴 때면 나는 내 온몸에 무엇인가가 흐르는 것을 느꼈다. 나는 꼼짝도 못하고 말도 제대로 할 수가 없었으며, 다만 그녀의 그 깊고 신비스런 눈을 들여다볼 수밖에 없었다. 그녀는 우리와 별로 이야기를 주고받지는 않았으나, 그녀의 시선은 줄곧 우리들이 노는 모습을 뒤쫓고 있었다. 우리가 아무리 날뛰고 시끄럽게 떠들어도 그녀는 싫어하지 않았다. 그럴 때는 그저 그 흰 이마에 손을 올려놓고 마치 잠에 빠져드는 듯 눈을 감고 있을 뿐이었다.

어떤 때는 몸이 한결 좋아졌다고 하면서 병상에서 몸을 일으켜 앉아 있기도 했다. 그럴 때면 그녀의 얼굴에는 마치 새벽놀 같은 발그레한 빛이 떠올랐고, 우리와 이야기도 나누었으며 재미있는 이야기를 들려주기도 했다.

그 당시 그녀가 몇 살이었는지는 잘 모르겠다. 너무나 연약해서 그녀는 마치 어린애처럼 보이다가도 너무나 진지하고 조용해서 전혀 어린애답지 않은 것도 같았다. 사람들이 그녀에 대한 이야기를 할 때는 의식적으로 조용조용하고 조심스럽게 이야기했다. 그들은 그녀를 '천사'라고 불렀으며, 나는 그녀에 관해서는 착하다든가 사랑스럽다는 말 이외에 다른 말을 들어본 적이 없었다.

나는 그녀가 그렇듯 연약하고 말없는 모습으로 누워 있는 것을 볼 때마다 일생 동안 걸어다닐 수 없는 게 아닌가 하는 생각이 들었고, 일을 할 수도 없고 어떠한 기쁨도 맛보지 못한 채 영원한 안식처로 가기까지 언제나 병상에 누워 이리저리 옮겨다닐 수밖에 없는 게 아닌가 하고 생각했다. 나는 종종 스스로에게 반문하곤 했다. 도대체 그녀는 왜 이세상에 보내졌는가, 그렇지 않았더라면 그녀는 천사의 품에 안겨 편안하게 살 수 있었을 것이고, 내가 성화에서 보았던 것처럼 천사들은 그 부드러운 날개에 그녀를 태우고 하늘 높이 이리저리 날아다녔을 텐데 하고.

그럴 때면 나는 그녀 혼자 겪고 있는 고통을 나누어 가져야 될 것 같은 느낌이 들었다. 하지만 나는 이 모든 이야기를 그녀에게 직접 하지는 못했다. 그것을 어떻게 말해야 할지 몰랐기 때문이다. 다만 내가 느낀 것이란 그녀의 목에 매달리고 싶다는 그런 기분은 아니었다. 그런 일은 그 누구도 해서는 안 될 일이었다. 그렇게 하면 그녀에게 더 큰 고통을 줄 것이므로……. 그렇지만 그녀가 고통에서 해방되도록 가슴 깊이 기도를 드릴 수는 있을 것 같았다.

어느 따뜻한 봄날이었다. 그날도 그녀는 우리들과 함께 방안에 있었다. 그녀는 얼굴이 창백해 보였으나 눈은 그 어느 때보다도 깊고 맑았다. 그녀는 병상에서 일어나 앉으며 우리들을 가까이로 불렀다.

「얘들아, 오늘은 내 생일이란다.」

하고 그녀는 말했다.

「오늘 아침에 견신례를 받았지. 이제는 언제라도 하느님 곁으로 갈 수가 있게 되었어…….」

그녀는 미소를 지으며 아버지를 바라보고는 말을 계속했다.

「나는 언제까지라도 너희들과 함께 있고 싶지만…… 그러나 내가 언제든 너희들과 헤어지게 되더라도 나를 아주 까맣게 잊진 말아주었으면 좋겠구나. 여기 너희들 한 사람 한 사람에게 끼워줄 반지를 가지고 왔단다. 하나씩 나누어줄 테니 집게손가락에 끼어줘. 이 다음에 너희들이 자라거든 차차 손가락을 옮기도록 하고, 마지막으로 새끼손가락에 꼭 맞게 될 때까지 끼고 있어 줘. 일생 동안 그 반지를 꼭

끼고 있어 줘. 응?」

그 말과 함께 그녀는 자기 손가락에 끼고 있던 다섯 개의 반지를 빼서 한 사람 한 사람에게 차례로 나누어 주었다. 그녀의 모습은 무척 서글퍼 보이면서도 다정스러워 보여 나는 눈물을 보이지 않으려고 눈을 껌벅거렸다.

그녀는 첫 번째 반지를 제일 큰 남동생에게 주며 키스를 해주었다. 그러고는 두 번째, 세 번째 반지는 두 공녀에게 주고, 네 번째 것은 막내 공자에게 주었다. 물론 반지를 줄 때마다 키스하는 것을 잊지 않았다.

나는 그녀의 흰 손에서 눈을 떼지 않고 가만히 서 있었다. 그녀의 손가락에는 아직 반지가 하나 남아 있었다. 그러나 그녀는 누워버렸다. 무척 지친 표정이었다.

그때 내 눈이 그녀의 눈과 마주쳤다. 어린아이의 눈은 입보다 더 확실하게 말을 하는 법이어서 그녀도 물론 나의 마음속에 일어난 생각을 잘 알아들었던 모양이다. 나는 물론 그 마지막 반지를 갖고 싶지는 않았다. 그러나 나는 '남'이라는 것, 그렇기 때문에 그녀는 나를 자기의 친형제 자매처럼 그렇게 사랑하지는 않겠지 하는 생각이 들어 왠지 모르게 가슴이 아팠다. 마치 혈관 하나가 끊어졌거나 신경이 잘려져 나간 듯한 기분이었다. 그래서 나는 나의 아픔을 감추기 위해 시선을 어디에 두어야 할지 당황해 하지 않을 수 없었다.

그녀는 몸을 다시 일으켜 세우더니 손을 들어 내 이마에 얹고 내

눈을 그윽이 바라보았다. 그때 나는 내 마음속에 있는 생각이 모조리
그녀에게 보여지고 있는 것 같은 기분이 들었다. 그녀는 천천히 마지
막 반지를 손에서 빼더니 내게 주며 말했다.

「이것은 내가 너희들과 헤어질 때, 내 손에 끼고 가려고 했던 거야.
하지만 네가 끼고 있으면서 내가 이세상에서 사라지거든 나를 생각
해 주는 편이 낫겠구나. 반지에 씌어진 글을 읽어 봐 주렴. '하느님의
뜻에 따라' 라고 쓰여 있단다. 너는 격하면서도 부드러운 마음을 갖
고 있으니 이세상의 삶이 그 마음을 억제하여 거칠어지지 않게 해주
었으면 좋겠구나.」

그러고 나서 그녀는 자기 동생들에게 했던 것처럼 내게 반지를 주
며 키스해 주었다.

그 당시 내 마음에 어떤 감동이 일어났는지 그걸 모두 기억해 낼
수는 없다. 나는 그때 이미 소년이 되어 있었으므로 고통받는 천사
같은 그녀의 부드러운 미소가 내 어린 가슴에 굉장한 매력이 아닐 수
없었다. 나는 소년이 사랑할 수 있는 최대의 마음으로 그녀를 사랑했
다. 소년들은 청년이나 장년들에게서는 보기 힘든 진실성과 순수와
열정을 갖고 사랑을 한다.

하지만 나는 그녀도 이른바 남이어서 사랑한다는 말을 해서는 안
될 것이라 믿었다. 나는 그녀가 내게 하는 그 진지한 말들을 제대로
이해하지 못했다. 내가 느낀 것이란 겨우 평범한 두 인간의 영혼이
가까워질 수 있는 한에서 내 영혼과 그녀의 영혼이 가장 가까워진 것

같았다. 내 마음속의 온갖 괴로움이 사라졌다. 나는 더이상 혼자라고 느끼지 않아도 되었으며, 내가 남도 아니며 외롭지도 않다는 것을 느꼈다. 나는 항상 그녀 곁에 있고 그녀와 함께 있으며, 그녀의 내부에 있다고 느껴졌다.

그녀가 내게 반지를 준 것은 그녀로서는 희생이라는 것, 그리고 그녀는 그 반지를 무덤까지 끼고 가고 싶었으리라는 생각이 들었다. 그러자 나의 마음에 어떤 감정이 일어나 그 감정이 다른 모든 감정을 압도했다. 나는 머뭇거리며 말했다.

「이 반지를 내게 주고 싶거든 네가 그대로 갖고 있어. 네 것은 다 내 것이니까.」

그녀는 어리둥절하여 잠시 나를 쳐다보며 생각에 잠겼다. 그러더니 그 반지를 도로 받아 자기 손가락에 끼고는 다시 한 번 이마에 입을 맞춰주고는 속삭이듯 말했다.

「너는 내 말뜻을 이해하지 못했나 보구나. 앞으로 알게 될 거야. 그러면 너도 행복하게 될 것이고 많은 사람들에게 행복을 줄 수 있을 거야.」

네 번째 회상

　어떤 사람에게나 그 일생에서 포플러가 서 있는 단조롭고 먼지 긴 길을 걸어가며 자기가 지금 어디에 있는지도 모르는 시기가 있게 마련이다. 그런 시기에 대한 회상이라면 자기가 무척 먼 길을 걸어왔으며 늙었다는 슬픈 감정 외에는 아무런 추억도 남지 않게 마련이다. 인생이라는 강물이 조용히 흐르는 동안에는 그 강 자체는 항상 동일한 강이고, 변하는 것은 오직 양쪽 강언덕의 풍경뿐인 것처럼 생각된다.

　그러다가 인생의 폭포라는 것이 다가오게 된다. 그것들은 언제까지나 기억에 남아 있어 우리가 그곳을 멀리 지나 영원이라는 고요한 대양에 점점 가까워지고 있을 때에도 먼 곳에서 그 폭포수가 쏟아지는 웅장한 소리가 들리는 것같이 느껴진다. 뿐만 아니라 그 소리는 우리에게 남아 우리를 앞으로 전진시키는 인생의 추진력까지도 그 근원과 영향력을 그 폭포수로부터 얻고 있다고 생각하게 된다.

학창 시절은 어느덧 지나가 버리고, 대학 생활 초기의 멋진 시기도 다 지나가 버렸다. 그와 더불어 수많은 아름다운 인생의 꿈들도 거의 사라져 버렸다. 그러나 그 중에서 오직 한 가지 남은 것이 있다면 그 것은 신과 인간에 대한 믿음뿐이다.

인생이란 어린 나의 머리로 생각하는 것과는 다르겠지만, 그 대신 나는 어떤 것보다도 귀중한 영감을 얻었다.

그리하여 인생에 불가사의하고 고통스러운 것이 있다는 사실, 그 것이 바로 내게는 이세상에 신이 존재한다는 것을 증명해 주는 것이 되어 버렸다.

'신이 바라시지 않으면 아무리 하찮은 일이라도 결코 일어나지 않 는다.'

이것이 바로 내가 겪은 삶에서 얻은 지혜였다.

여름 방학이 되어, 나는 다시 조그마한 고향 마을로 돌아왔다. 재 회라는 것은 얼마나 큰 기쁨인지! 그것을 설명할 사람은 아무도 없지 만 재회, 재발견, 그리고 회상은 모든 기쁨과 향락 중에서 가장 으뜸 가는 것이다. 처음 보는 것, 처음 듣는 것, 처음 맛보는 것 등은 아름 답고 위대하고 쾌적하다. 그러나 그것들은 우리에게 생소할 뿐이어 서 놀라움을 금치 못하게 한다. 그리하여 우리는 거기서 안정을 얻을 수 없고, 그런 것을 즐기려는 노력이 향락 그 자체보다 크게 되게 마런이다.

그러나 옛날에 즐겨 듣던 음악을 여러 해가 지난 뒤에 다시 듣게 되면, 그 음이나 가사를 모두 잊어버렸을 거라고 생각하지만 실은 전혀 그렇지 않다. 이미 잊어버렸던 옛 친구를 만났을 때처럼 다시 알아보게 된다든지, 혹은 여러 해 뒤에 드레스덴의 산시스토 성모상 앞에 서서 어린 예수님의 그 무한한 시선이 우리 마음속에 불러 일으켜 주었던 그런 감흥을 다시 눈뜨게 한다든지, 또는 학창 시절 이래 한 번도 맡아보지 못했던 꽃향기를 다시 맡아본다든지 하는 것들은 마음을 정말로 즐겁게 해주는 기쁨이어서 우리들은 현재의 인생을 더 기뻐하는 것인지, 혹은 과거의 추억을 더 기뻐하는 것인지 분간할 수 없게 된다.

그리하여 오랜만에 고향에 돌아오게 되면 마음은 자기도 모르는 사이에 추억이라는 바다 속에서 헤엄치게 된다. 그러면 넘실거리는 파도는 그 꿈꾸는 사람을 추억의 언덕으로 실어다 준다. 종탑의 종이 울리면 학교에 지각한 것같이 생각되다가도 다음 순간 그 걱정에서 헤어나 이제는 그것이 지나가 버린 쓸모없는 것임을 깨닫고 즐거워하게 된다.

한 마리의 개가 거리를 달려간다. 그 개는 그 옛날 우리가 무서워서 멀리 피해 다녔던 바로 그 개이며, 또한 그곳에는 그전부터 물건을 팔던 노파가 쭈그리고 앉아 있다. 그 노파가 팔던 사과는 전에도 항상 우리들의 마음을 끌었던 것으로, 지금은 먼지를 뽀얗게 뒤집어

쓰고 있지만 여전히 그 사과는 이세상 그 어떤 사과보다 맛이 좋을 것같이 느껴진다.

또한 저 건너에는 집이 한 채 헐리고 새집이 들어섰다. 그 집은 우리 늙은 음악 선생님이 살던 집이었는데, 그분은 이미 돌아가셨다. 그 옛날 그 집 창 밑에 서서 그 성실한 분이 하루의 일과를 마치고 나서 자신을 위해 즉흥곡을 연주했는데 그 음악소리에 귀기울이던 여름날 저녁은 얼마나 아름다웠던가. 그 음악은 마치 하루 동안 쌓이고 쌓였던 증기를 마음껏 뿜어내는 증기기관차 같았었다.

어느 날 늦게 집으로 돌아가는 길에 나지막한 숲에 둘러싸인 오솔길에서——예전에는 숲이 훨씬 커 보였었다——이웃집의 아름다운 아가씨를 만난 적이 있었다. 그 당시 나는 그녀를 쳐다보거나 말을 붙이는 것 같은 건 감히 생각도 못했었다. 그러나 사내아이들은 학교에 가면 가끔 그 아가씨에 대해 이야기하며 '예쁜 계집애' 라고 불렀다. 혹시 길거리에서 먼발치로나마 그녀의 모습을 보는 것만으로도 대단히 기뻐했고, 감히 그녀에게 가까이 갈 엄두도 내지 못했다. 그렇다, 여기 이 아담한 숲으로 둘러싸인 오솔길, 묘지로 향하는 이 길에서 어느 날 저녁때 나는 그 소녀를 만났다. 평소에는 서로 말조차 나눈 적이 없으면서도 그 소녀는 나의 팔을 잡고 함께 집으로 가자고 말했다.

아마 집까지 오는 동안 그녀나 나나 단 한마디도 말을 하지 않았던 것 같다. 그러나 나는 그 일을 너무나 행복하게 생각했으므로 여러 해가 지난 오늘날까지도 그때의 일을 생각하노라면 그때가 다시 돌아와 그 예쁜 소녀와 손을 잡고 한마디 말도 못한 채 가슴 부풀어하며 집으로 돌아와 보았으면 얼마나 좋을까 하는 생각이 들 정도이다.

이렇게 추억은 꼬리에 꼬리를 물고 일어나 그 추억의 파문이 우리의 머리를 짓누르고, 가슴속에서는 긴 탄식이 흘러나오게 하여 지금까지 깊은 사념에 사로잡혀 숨쉬는 것조차 잊고 있었다는 것을 알게 한다. 그러면 꿈의 세계는 첫닭이 울면 사라지고마는 유령처럼 홀연히 사라지고 만다. 그때 그 옛 성을 지나 보리수 밑에 이르러 말을 탄 두 명의 보초와 높다란 층계를 보았을 때 어떤 추억들이 내 가슴에 떠올랐을까! 그 성에 가보지 못한 지 이미 여러 해가 지났다.

후작 부인께서는 돌아가셨고, 후작님은 은퇴한 후 이탈리아에 가셨고, 나와 함께 컸던 맏공자가 영주가 되어 있었다.

그 젊은 영주와 가까이 지내는 사람들은 대개가 젊은 귀족들과 장교들로서, 그들과 지내는 것이 즐거운지 옛날 어린 시절의 친구인 나와는 곧 서먹서먹한 관계가 되어버렸다. 거기에다 또 다른 사정들이 겹쳐 우리의 우정은 이상하게 되고 말았다.

독일 민주의 약점과 그 통치자들의 결함을 처음으로 알아챈 대개의 젊은이들처럼 나도 곧 자유 당원들의 구호를 배우게 되었다. 그리고 그것은 그 성에서나 엄격한 목사의 가정에서는 야비한 언동이라는 위험한 인상을 주었던 것이다.

요컨대 나는 벌써 여러 해 전부터 그 계단을 올라가보지 못했었다.

하지만 그 성안에는 내가 매일처럼 그의 이름을 부르고 그를 생각하는 것이 일상의 습관처럼 되어버린 한 사람이 살고 있었다. 나는 벌써부터 그녀를 이세상에서는 두 번 다시 만나보지 못할 사람이라고 생각하고 있었다.

뿐만 아니라 그녀는 내 마음속에 지워지지 않는 하나의 형상으로 박혀 있었다. 현실에서는 존재하지도 않고 또 존재할 수도 없는 천사였으며, 나 혼자 이야기를 하는 대신 나와 함께 이야기를 나누는 또 다른 나였던 것이다. 그녀가 어떻게 그런 존재가 되었는지는 나 자신도 그 이유를 설명할 수가 없다. 나는 그녀를 잘 몰랐기 때문이다.

인간의 눈이 하늘에 떠 있는 구름을 가끔 여러 가지 형상으로 변화시켜 보듯 내 상상력이 내 어린 시절의 하늘에 그린 환상이 낳은 완전한 모습을 만들어 내게 한 것이리라. 모든 사념은 나도 모르는 사이에 그녀와의 대화 형식으로 되어 갔으며, 내가 추구하는 목표, 신앙의 대상 등 모든 것들이 그녀에게 속해 있었다. 나는 그 모든 것을 그녀에게 주었는데, 그것은 바로 모두 나의 천사인 그녀를 통해 내가 받은 것이기도 했다.

고향으로 돌아온 지 며칠 안 된 어느 날 아침 나는 편지 한 통을 받았다. 영문 편지로서 마리아 공녀님으로부터 온 것이었다.

친애하는 친구에게

당신이 얼마 동안 여기에 머물게 되었다는 소문을 들었습니다. 여러 해 동안 만나 보지 못했군요. 괜찮으시다면 오랜만에 옛 친구를 만나보고 싶군요. 오늘 오후에 스위스 장(莊)에서 혼자 기다리겠습니다.

그럼, 안녕히.

마리아

나는 즉시 오후에 찾아가 뵙겠다는 답장을 영문으로 써보냈다.

스위스 장은 그 성의 모퉁이에 있는 건물이다. 정원 쪽으로 향해 있었기 때문에 성의 앞뜰을 지나지 않고서도 그곳에 도착했을 때는 다섯시였다. 나는 모든 감정을 억누르고 격식을 갖추어 행동하리라 마음먹었다. 그리하여 우선 내 마음속에 있는 천사를 진정시키고, 내가 지금 만나러 가는 사람은 그 천사와 무관하다는 것을 증명해 보이려고 애썼다. 그런데 나는 조금 불안했고, 마음속의 천사 역시 내게 용기를 주려고 하지 않았다. 마침내 나는 용기를 내서, 인생이란 가면무도회에 불과한 것이라고 중얼거리며 반쯤 열려있는 문을 노크했다.

방안에는 아무도 없었으나 곧 어떤 낯선 부인이 나타나 영어로, 공녀님이 곧 이리로 오실 거라고 전해 주었다. 말을 끝내고 그녀는 곧 방에서 나갔으므로 나는 혼자 방안을 둘러볼 여유를 갖게 되었다.

사면의 벽은 떡갈나무로 되어 있었으며, 잘 짜여진 창살이 주위를 둘러치고 있었는데, 그 창살에는 잎이 넓적한 담쟁이가 우거져 방 전체를 뒤덮고 있었다. 테이블과 의자 역시 떡갈나무로 만든 것으로,

섬세하게 조각되어 있었다. 나는 그 방안에서 눈에 익은 물건들을 많이 대할 수 있어 야릇한 감흥에 잠겼다.

대개가 그 옛날 성의 놀이방에서 낯익었던 것들이었고, 그 밖의 다른 것들, 예컨대 그 중에서 그림들은 새로운 것들이었으나 그것들은 내 대학 기숙사 방에 있는 것들과 똑같았다.

피아노 위에는 베토벤, 헨델, 멘델스존의 초상화도 걸려 있었는데, 그것들도 내가 선택한 그림들과 똑같은 것들이었다.

한쪽 구석에서 나는 미로의 비너스 상을 보았는데, 그것은 내가 가장 아름다운 고전작품으로 생각하고 있는 것이었다.

테이블 위에는 단테와 셰익스피어의 모든 작품, 타울러의 설교집과 『독일 신학』, 뒤케르트의 시집은 물론 테니슨과 번즈의 시집, 칼라일의 『과거와 현재』 같은 책들이 놓여 있었다. 그 책들은 모두 나의 서재에 있는 것과 똑같은 것들이었고, 며칠 전만 해도 내가 손에 들고 있던 것들이었다.

나는 생각에 잠기기 시작하다가 곧 떨쳐버리고 이제는 고인이 된 비전하의 초상화 앞에 다가가 섰다. 그때 문이 열렸다. 그리고 내가 어렸을 때부터 낯익은 두 시종이 공녀가 누워 있는 병상을 밀면서 방안으로 들어왔다.

아, 저 모습! 그녀는 아무 말도 하지 않았다. 그녀의 얼굴은 그녀를 데려다 준 시종들이 방을 나갈 때까지 호수처럼 조용했다. 그녀의 눈이 나에게로 향했다. 깊고 진지한 옛날의 그 눈이었다. 그녀의 얼굴은 순간마다 생기를 띠어 마침내는 온 얼굴에 미소가 어렸다.

그녀가 입을 열었다.

「우리는 옛 친구군요. 그 동안 변하지 않았네요. 난 '지(sie : 당신의 존대말)' 라는 말은 못 쓰겠어요. 그렇다고 '두(du : 너)' 라고 반말을 할 수도 없으니 영어로 말하겠어요. 이해해 주시겠지요?」

나는 이러한 접대를 받으리라고는 생각지도 못했다. 가면무도회 따위가 아닌 것도 확실했다. 여기에 내가 갈망했던 한 영혼이 있다. 아무리 변장을 하고 검은 가면을 썼다 해도 반짝이는 두 눈빛만으로도 두 친구가 서로를 알아보는 인사가 되었다. 그녀는 내게 손을 내밀었고 나는 그녀의 손을 꼭 잡으며 말했다.

「천사에게 말할 때 '지(sie)' 라는 말을 쓸 수야 있겠어요?」

그런데도 불구하고 사회의 관습이나 도덕의 힘이란 이상한 것인지 그렇게도 친밀한 두 영혼이 자연스럽게 대화를 나누는 것이 그렇게도 어려울 줄이야! 대화는 중단되고 우리 두 사람은 서로의 시선에서 어색함을 느꼈다.

나는 침묵을 깨뜨리며 생각나는 대로 말했다.

「인간은 어릴 때부터 새장 같은 데서 사는 게 습관이 되어 있어서 자유로운 대기 속에서도 날개를 펼 수가 없는 거지요. 혹시 날아가다가 어디에 부딪히지나 않을까 하고 겁먹는 거겠죠.」

「네, 정말 그래요. 그것은 옳은 말이지만 다르게도 볼 수 있지요. 사람들은 때론 새처럼 숲속을 날아다니며 살아보았으면 해요. 아무

나뭇가지에서나 만나 서로 소개도 받지 않고 함께 모여 노래를 부르고 싶어하죠. 하지만 같은 새들이라 해도 부엉이와 참새 같은 새들도 있는 법이에요. 세상을 살아가면서도 그런 사람을 만나면 서로 모르는 척 지나쳐버리는 게 편할 때도 있지요. 삶이란 때로는 시와 같은 거예요. 진실된 시인만이 가장 아름다운 것과 진실된 것을 꼭 짜여진 형식을 빌린다 하더라도 표현할 수 있는 거지요. 이와 마찬가지로 인간도 사상의 자유와 감정의 자유를 사회라는 속박 속에서도 지킬 줄 알아야 될 거예요.」

나는 그 말을 들으며 플라톤의 시구를 떠올렸다.

「어느 곳에서나
영원한 것으로 존재하는 것은
짜여진 언어로 표현된
자유로운 영혼뿐.

Denn was allen Orten
Als ewig sich erweist,
Das ist, in gebundenen Worten,
Eiu ungebundener Geist.」

「정말이에요.」

그녀는 이렇게 말하며 다정하면서도 장난기 어린 미소를 지었다.

「하지만 나는 특권을 갖고 있거든요. 특권이란 나의 병과 고독이에요. 나는 가끔 청춘 남녀들이 가엾게 생각될 때가 있어요. 왜냐하면 그들은 사랑이라든지 연애라든지 그런 것들을 생각지 않고서는 진실된 우정을 가질 수가 없기 때문이에요. 그래서 그들은 손해를 보는 셈이지요. 아가씨들은 그들의 영혼 속에 무엇이 잠자고 있는지를 모르며, 훌륭한 남자 친구와의 진지한 대화에 의해 무엇을 깨닫게 되는가를 모르고 있는 거예요. 그리고 젊은 청년들 역시 여자 친구에게 자기의 마음속의 갈등을 멀리서 지켜봐주도록 허락한다면 얼마나 많은 기사적인 덕성을 얻게 될지 모르고 있구요. 그게 제대로 안 되는 것 같아요. 언제나 사랑이라는 것이 훼방을 놓기 때문이에요. 그게 사랑인지는 모르지만, 가슴이 두근거린다든지, 거센 희망의 물결이 밀려온다든지, 미끈한 얼굴을 보고 분수처럼 솟구치는 희열을 느낀다든지, 달콤한 감상이나 유리한 타산, 요컨대 인간의 순수한 본래의 모습인 대양과 같은 평온을 깨뜨리는 그 모든 것들 때문에 순수한 영상이 깨지고 마는 거예요.」

　그녀는 거기서 갑자기 말을 중단했다. 얼굴에 무척 고통스러운 표정이 스쳐 지나갔다.

「오늘은 더 이상 말을 해서는 안 되겠어요. 의사가 금하고 있거든요. 멘델스존의 음악이 듣고 싶어요. 이중주 말이에요. 당신은 어릴 때부터 그 곡을 아주 잘 연주했었어요. 그렇죠?」

나는 아무 말도 할 수가 없었다. 그녀가 말을 멈추고 옛날처럼 손을 깍지낀 채 누워 있을 때 손에 낀 반지를 보았기 때문이다. 그녀는 새끼손가락에 그 반지를 끼고 있었다. 그녀가 내게 주었던 것을 내가 돌려주었던 반지였다. 나는 너무나 가슴이 벅차올라 아무 말도 할 수 없었다. 나는 피아노 앞에 앉아 말없이 그 곡을 연주하기 시작했다.

연주를 마치고 나서 나는 몸을 돌려 그녀를 바라보며 말했다.

「이렇듯 말없이 음(音)으로만 이야기할 수 있었으면 좋겠군요.」

「그럴 수 있고말고요. 나는 다 알아들었어요. 하지만 오늘은 더는 안 되겠어요. 매일매일 몸이 점점 더 쇠약해져 가고 있으니⋯⋯. 그건 그렇고, 앞으로 좀더 친하게 지내요. 불쌍하고 병든, 가련한 인생이 좀 실례를 한다 해도 괜찮겠지요? 그럼 내일 저녁 이 시간에 만나기로 해요.」

나는 그녀의 손을 잡고 입맞추려 했다. 그러나 그녀가 손을 꼭 잡고 지그시 누르며 말했다.

「이렇게 하는 게 더 좋아요. 안녕히.」

다섯 번째 회상

집으로 돌아올 때 내가 어떤 감정에 사로잡혔으며 어떤 생각을 했는지 말로 표현하기란 어렵다. 인간의 마음이란 말로써 다 옮길 수 없을 때가 있으며, 또 '말없는 생각'이란 것이 있게 마련인데, 그것은 누구나 한없는 기쁨과 고통의 순간에 연주하는 곡이다.

그날 내가 느낀 것은 기쁨도 고통도 아니었다. 뭐라고 말로는 표현할 수 없는 놀라움을 느꼈을 뿐이다. 나의 내부에서는 갖가지 상념들이 어지럽게 날고 있었다. 그것들은 마치 하늘에서 땅으로 내려오려고 하다 목적지에 닿기도 전에 모두 소멸해버리는 별똥별 같았다. 간혹 사람들이 꿈을 꾸면서 '지금 꿈을 꾸는 거야' 하고 자신에게 타이르듯 나도 내게 이렇게 말해 보았다. '너는 살아 있는 거야, 그리고 그 여자도……'라고.

다시 냉정을 되찾고 마음을 진정시키려 애쓰면서 내게 이렇게 말해 보았다. '그녀는 사랑스럽고, 보기 드문 마음씨를 가진 존재'라고.

그리고서 나는 이번 방학 동안에 그녀와 함께 보내게 될지도 모를 즐거운 밤들을 상상해 보기도 했다. 그러나 그런 것은 아니었다. 정말이지 아니고 말고. 내가 생각했던 것은 절대로 그렇게 단순하고 속된 것이 아니었다.

그녀야말로 내가 찾고 생각하고 바라고 믿었던 모든 것이었다. 봄비처럼 맑고 신선한 영혼이 거기에 있었던 것이다. 나는 첫눈에 그녀 내부에 숨겨져 있는 것을 알아차렸다. 우리들은 서로 만나 인사를 했고, 서로를 알아볼 수 있었다.

나의 마음속의 천사는 이제 내게 아무 대답도 들려주지 않았다. 그녀는 멀리 떠나버렸으니까. 내가 그 천사를 다시 발견할 수 있는 곳은 이세상에 단 한 군데밖에 없다는 생각이 들었다.

그때부터 아름다운 생활이 시작되었다. 매일 저녁 나는 그녀 곁에 있을 수 있었기 때문이다. 그리고 얼마 가지 않아 우리는 우리가 실제로 옛 친구 사이라는 것을 느꼈고, 서로 '두(du)'라는 반말로 부를 수밖에 없었다. 마치 두 사람이 여태껏 한 번도 헤어지지 않고 함께 살아온 것 같았다. 그녀를 감동시키는 어떤 감정도 내 마음속에서 공명(共鳴)하지 않은 것은 없었으며, 내가 말하는 어떤 생각에 대해서도 그녀가 자기 자신도 그렇게 생각하노라면서 고개를 끄덕여 보이지 않은 것이 없었기 때문이다.

　나는 전에 당대의 가장 위대한 음악가(멘델스존을 가리킴)가 그의 누이와 함께 피아노로 즉흥적으로 연주하는 것을 들은 적이 있었는데, 그 두 사람이 어쩌면 그렇게 서로 이해하고 공감할 수 있는지 이상스럽게 여겼었다. 그들은 서로의 악상을 자유롭게 표현하면서도 단 한 음이나 반음도 연주의 조화를 깨뜨리는 음을 내지 않았던 것이다. 그런데 이제야 나는 그것을 이해할 수 있게 되었다. 나의 마음도 늘 생각해 온 것처럼 그렇게 공허하고 빈약하지는 않다는 것을 말이다. 싹과 꽃봉오리를 피우기 위해서는 꼭 햇빛이 필요하다는 것을 이해하게 된 것이다.

　나와 그녀의 마음을 꿰뚫고 지나간 봄은 얼마나 슬픔이 가득 찬 것이었던가! 우리는 5월의 장미가 그렇게도 빨리 시들 줄은 꿈에도 몰랐다. 그러나 그녀와 만나는 저녁이면 날마다 꽃잎이 하나 둘씩 땅에 떨어지고 있어 머잖아 그런 날이 올 것이라는 경고를 받았다. 나보다 그녀가 그것을 먼저 느끼고 그런 말을 했다. 그러나 그것이 그녀에게는 별로 고통스럽지 않은 것 같았다. 우리들의 대화는 날이 갈수록 더 진지하고 엄숙해져 갔다.

　어느 날 저녁, 막 헤어지려는 순간 그녀가 입을 열었다.

　「내가 이처럼 오래 살 수 있으리라곤 생각지도 못했어요. 견신례를 받던 날 당신에게 반지를 주면서 나는 곧 여러 사람들과 헤어지게 되리라고 생각했어요. 그런데 이렇게 여러 해를 살아오면서 아름다운 많은 것들을 즐기고 있어요. 물론 고통도 많았지만……. 그러나 괴로움이란 곧 잊어버리게 되니까요. 이제 이별이 가까워졌다고 생각하니 한 시간 한 시간, 일분 일분이 더 귀하게 느껴지는군요. 안녕히. 내일은 늦으면 안 돼요.」

어느 날, 내가 그녀의 방에 들어갔을 때, 어떤 이탈리아인 화가 한 사람이 그녀와 함께 앉아 있었다. 그녀는 이탈리아어로 그 화가와 이야기를 나누고 있었다. 그 남자는 예술가라기보다는 기능공에 더 가까운 사람이었다. 그런데도 불구하고 그녀는 친절하고 겸손한 태도로 그를 대하는 것이었다. 그것은 그녀의 인품이 얼마나 고귀하며 마음씨가 얼마나 고결한가를 잘 보여주었다. 화가가 나간 뒤 그녀는 내게 이렇게 말했다.

「그림을 하나 보여드릴게요. 보면 기뻐하실 거예요. 원화(原畵)는 파리 화랑에 있어요. 나는 그 그림에 대한 글을 전에 읽어본 적이 있어서 그 이탈리아 화가에게 그대로 그려달라고 부탁했던 거예요.」

그녀는 그 그림을 내게 보여주고는 내 말을 기다렸다. 옛 독일 의상을 입은 중년 남자를 그린 초상화였다. 그 인상은 꿈꾸는 듯하면서도 경건하고 개성적이어서 그 사람이 실재로 살아 있는 인물임을 의심할 여지가 없었다.

그 그림의 전체적인 색조는 약간 어두운 갈색이었고, 배경은 풍경이었는데 지평선에는 방금 떠오르는 새벽의 여명이 펼쳐져 있었다. 독특한 점을 찾아볼 수는 없었으나 어딘지 모르게 내 마음을 흐뭇하게 해주어 몇 시간이고 쳐다봐도 싫증이 나지 않을 것 같았다.

「실제 인물의 초상화로서 이것을 능가할 수는 없겠는데요. 라파엘로 같은 사람이라도 이런 것을 그려 낼 수는 없을 것 같군요.」
하고 나는 그녀를 바라보며 말했다.

「그럼요. 내가 왜 이 그림을 갖고 싶어했는지 말씀드리겠어요. 나는 이 그림을 그린 화가가 누구인지, 또 그가 누구를 그리려고 했는지 아는 사람은 아무도 없다는 글을 읽었어요. 모델은 아마 중세의 철학자일는지 모른다는 거였어요. 내 화실에는 바로 이런 그림이 필요해요. 당신도 『독일 신학』(14세기 말엽 프랑크푸르트의 어느 사원의 수도사에 의해 쓰여진 것이 후에 루터에 의해 출판됨)이란 책을 쓴 작가가 누구인지 아무도 모르며, 그의 초상화도 없다는 사실을 아실 거예요. 그래서 나는 누가 그렸는지, 누구를 그리려고 했는지 알려지지 않은 이 초상화가 『독일 신학』을 쓴 저자로서 적합한지 어떤지 한번 보고 싶다고 생각했어요. 그래서 당신이 반대만 않는다면 이 그림을 여기 「알비의 당원」과 「보름의 의회(議會)」 사이에 걸어놓고 '독일 신학의 저자' 라고 불러볼까 하는 참이에요.」

「좋은 생각이십니다. 그런데 프랑크푸르트 사람치고는 너무 강건하고 남자다운 것 같군요.」

「그렇기는 해요. 하지만 고통받으며 죽어가는 나 같은 사람들은 그 책에서 많은 위안과 힘을 얻었어요. 나는 그 사람에게 많은 신세를 졌어요. 그 책이 내게 처음으로 기독교의 참된 교리를 소박한 형태로 가르쳐 주었거든요. 이 책을 쓴 분이 어떤 사람이건 간에 그 가르침을 믿고 안 믿고는 오로지 나의 자유 의사인 것 같아요. 그분의 가르침은 내게 강요를 하지 않았기 때문이에요. 그럼에도 불구하고 그 가르침은 그토록 강한 힘으로 나를 사로잡아, 나는 비로소 처음으로 계시라는 것이 무엇인가를 안 것 같았어요. 많은 사람들이 참된 기독교 교리로 들어가지 못하고 있는 것은 자신의 내부에서 계시를 깨닫기 전에 기독교의 교리를 처음부터 계시로 여긴다는 바로 그 때문인 것 같아요. 그것이 내게도 많은 불안을 주었어요. 물론 내가 종교의 진리와 신성을 의심한 것은 아니나, 다른 사람에게서 얻은 신앙은 믿을 만한 것이 못 되는 것 같아요. 잘 알지도 못하면서 어릴 때부터 무조건 배우고 받아들인 믿음은 내 것이 아니라는 느낌이 들거든요. 어떤 다른 사람이 우리를 대신해서 살거나 죽을 수 없듯이 아무도 우리를 대신해 믿어 줄 수는 없으니까요.」

「네, 그렇습니다. 갖가지 격렬하고 복잡한 갈등의 원인은 바로 이런 점에 있다고 생각합니다. 즉, 그리스도의 가르침이 사도들과 초기의 기독교들의 마음을 사로잡았던 것처럼 서서히, 그러면서도 거역할 수 없는 힘으로 우리들의 마음을 잡으려 하지 않고, 아주 어린 시절부터 교회의 침범할 수 없는 강력한 율법으로써 우리들을 대하고, 신앙이라 불리우는 절대 복종을 우리들에게 강요하기 때문입니다. 그러니 사고력이 있고 진리에 대해 경건한 마음을 가진 사람이라면 조만간 마음에 의혹이 생기지 않을 수 없게 됩니다. 우리는 신앙을 얻기 위한 올바른 길에 와 있으면서도 우리들 마음속에 의혹과 불신이라는 공포가 나타나 새로운 삶의 평탄한 발전을 방해하는 것입니다.」

여기서 그녀가 내 말에 끼어들었다.

「나는 최근에 영문으로 된 어떤 책에서, 진리가 계시로서 나타나는 것이지 진리를 낳는 게 아니라는 이야기를 읽었어요. 그것은 『독일신학』을 읽었을 때 받았던 느낌을 그대로 표현한 것이었지요. 그 책을 읽고는 진리의 힘을 강렬하게 느껴 거기에 압도당하고 말았어요. 진리라는 것이 내게 명백히 드러나게 되었던 것입니다. 아니, 나라는 존재는 자신이 무엇인가 하는 것을 깨닫게 되었다고 해야겠군요. 그리고 믿는다는 것이 무엇인가 하는 것을 비로소 알게 되었습니다. 오랫동안 나의 내부에서 잠자고 있던 진리가 마침내 내 것이 된 것이지요. 빛살처럼 나의 내부를 뚫고 들어와 내 마음의 눈을 밝혀주고, 어렴풋이 예감했던 것을 아주 명료하게 해준 사람이 알려져 있지 않은 바로 그분이었지요. 그리하여 인간이 어떻게 신앙을 가질 수 있는가 하는 점을 처음으로 느끼게 되자, 나는 복음서를 읽을 결심을 했던 것이지요. 전혀 저자가 알려지지 않은 책을 읽듯이 그렇게 읽어보려고 한 거예요. 복음서가 성령에 의해 사도들이 영감을 얻게 되면서 종교 회의에서 인정받고, 교회에 의해서 신앙의 최고 권위로 인정되었다는 식의 생각을 없애보려 노력했지요. 그 결과 기독교의 참된 신앙이 무엇이며 계시가 무엇인지 비로소 알 수 있었답니다.」

거기서 내가 말을 받았다.

「신학자들이 우리에게서 종교란 것을 모조리 빼앗아 가지 않았다는 게 오히려 이상합니다. 신자들이 그들에게 '이젠 그쯤에서 그쳐 주시오'라고 말하지 않았더라면 신학자들은 틀림없이 종교라는 것을 송두리째 없애버리고 말았을 겁니다. 어떤 교회든 교리를 섬기는 종이 있어야 하는 법이지만, 이세상의 어느 종교를 막론하고 그들의 종이라고 할 수 있는 목사, 바라문, 샤머승, 불승, 라마승, 바리새인들 따위에 의하여 부패되고 파괴되지 않는 종교는 없습니다. 그들은 교구의 신자들 대부분이 알아듣지 못할 그들만의 말로 싸웁니다. 복음서에서 영감을 얻고, 그들이 얻은 그 영감으로 다른 사람들에 의해 만들어진 것이어야 참되다는 증거를 내세우려고만 합니다. 그러나 그런 일은 자신들의 불신을 억지로 감추려하는 짓에 불과합니다. 도대체 목사들 자신이 어떤 불가사의한 방법으로 영감을 받아보지 않고서야 어떻게 그 복음서를 쓴 사람들이 불가사의한 방법으로 영감을 받았다는 사실을 알 수 있단 말입니까? 그렇기 때문에 교회의 초기 교부들이라든지 종교 회의의 결의에서 다수를 차지한 사람들까지도 그런 영감을 얻을 능력이 있다고 인정하려고 합니다. 그렇게 되고 보니 또 다른 문제가 생기게 됩니다. 50명의 목사들 가운데서 26명이 영감을 얻고 24명은 영감을 얻지 못했다는 사실을 도대체 어떻게 알아낼 수 있느냐 하는 문제입니다. 그러다가 최후의 절망적인 처지에 이르러 결국은 이렇게 말하게 됩니다. '교회의 우두머리 되는 사람들은 축복의 손이 머리에 놓여지게 되면 영감과 신성을 갖게 되며 그 신성과 영감은 온갖 내면적인 확신이나 헌신, 경건한 신관(神觀) 등 일체를 필요없게 만드는 것이다'고 말하는 것입니다. 이러한 여러 가지 지엽적인 문제에도 불구하고 결국은 최초의 의문이 여전히 남게 됩니다. 즉, A가 영감을 받았는가를 B가 어떻게 알 수 있는가 하는 문제입니다. B가 A와 같은, 혹은 그 이상의 영감을 받아보지 않고서야 어떻게 그것을 알 수 있단 말입니까? 자신이 영감을 받은 것 이상으로 A가 영감을 받았는지 아닌지를 안다는 것은 더 어렵기 때문입니다.」

「나는 그렇게까지 분명히 알고 있지는 않았어요. 그런데 사랑에 있어서도 확실한 사랑의 표시를 나타내지 않으면 어떤 사람이 자기를 사랑하고 있는지 어떤지를 알아내기는 참으로 어려운 일이라고 생각해요. 그래서 이런 생각이 들어요. 자기 스스로 사랑하고 있다는 것을 알고 있는 사람이 아니고서는 사랑을 받고 있다는 것을 알아낼 수가 없다구요. 자신의 사랑을 믿는 범위 내에서만 다른 사람의 사랑을 믿을 수 있을 것 같으니까요. 영감을 얻은 사람은 하늘로부터 거센 바람소리 같은 힘찬 소리를 듣게 되며 불타듯 널름대는 혓바닥을 보게 되는 거예요. 그런데도 다른 사람들은 놀라워하거나 비웃으며 말하죠. '저 사람들은 달콤한 술에 곯아떨어졌다'고 말입니다.」

여기서 그녀는 잠시 말을 중단했다가 다시 말을 계속했다.

「아까도 말했던 것처럼 내가 믿음을 얻게 된 것은 『독일 신학』 덕택이었어요. 그리고 대부분의 사람들에게는 그 책의 결함으로 보였던 점이 내게는 오히려 장점이 되었어요. 그것은 그분이 자신의 주장을 강력히 논증하려 하지 않고 씨 뿌리는 사람처럼 자기가 뿌린 씨앗 가운데 불과 몇 개만이라도 좋은 땅에 떨어져 수천의 열매를 맺어주었으면 하는 희망을 가졌기 때문이에요. 그분은 자신의 학설을 논증해 보이려고 애쓰지 않았어요. 자기의 학설이 진실이라는 확고한 믿음이 증명이라는 형식을 무시했기 때문일 거예요.」

「그렇습니다.」

하고 나는 그녀의 말을 가로막았다. 나는 스피노자의 윤리학에서 볼 수 있는 그 놀라운 증명력의 끈을 생각지 않을 수 없었기 때문이다. 나는 말을 계속했다.

「스피노자에게서 보이는 논증의 초조감은 예리한 이 사상가가 자신의 학설을 자기 스스로가 전적으로 믿을 수 없었기 때문에 그가 주장한 학설을 조심스럽게 붙들어 매어야 할 필요성을 느낀 게 아닌가 하는 인상을 받았습니다.」

나는 말을 잠시 멈추었다가 다시 계속했다.

「역시『독일 신학』에서 많은 자극을 받은 것은 부인할 수 없으나, 거기서 별다른 감명을 받지는 못했다는 사실을 고백해야겠습니다. 그 책에서는 인간적인 것과 시적인 것이 결여되어 있는 것 같습니다. 또한 현실에 대한 따뜻한 감정과 외경의 마음이 결여되어 있는 듯해요. 14세기의 신비주의는 전체적으로 보아 하나의 준비 기간으로서

공헌한 바 있지만, 참된 해결은 루터에게서 볼 수 있듯이 신에게 귀의하여 그 신에게서 용기를 얻어 현실 생활로 되돌아갈 때에야 비로소 이루어집니다.

인간은 일생을 통해 언제든 한 번 자신의 무가치함을 인식해야 하며, 자기 자신은 아무것도 아니라는 사실, 그리고 자신의 존재와 기원과 영원한 생명은 초자연적인 불가사의한 것에 그 근원을 두고 있다는 사실을 느끼게 됩니다. 그것이 바로 신으로의 복귀입니다. 비록 그 길을 이세상에서는 결코 다다를 수 없다 하더라도 마음속에 결코 끝남이 없는 신에 대한 향수를 남겨줍니다. 인간은 신비주의자들이 주장하듯 조화를 지향할 수도 창조할 수도 없습니다. 인간은 무에서, 다시 말해서 신을 통해서 창조된 것이긴 하지만 스스로 자신을 그 무로 되돌려보낼 수는 없습니다. 타울러가 말했듯 자기 자신의 무화(無化)는 불교에서 말하는 열반이나 입멸(入滅) 이상의 것은 아닙니다.

또 타울러는 이렇게 말했습니다. 만일 최고의 존재에 대한 존경과 사랑을 위해 무의 경지에 도달하고 싶은 사람은 그 지고자의 존귀를 위하여 오히려 깊디깊은 나락으로 침몰하기를 원하는 것이 된다고 말입니다. 그러나 이런 피조물의 자기 무화는 창조자의 뜻이 아닙니다. 인간을 만든 것이 바로 창조주이기 때문입니다. '신이 인간으로 변신하는 것이지 인간이 신으로 변신하는 것이 아니다'라고 아우구스티누스도 말한 바 있습니다. 그러므로 신비주의가 인간의 영혼을 단련시키는 불은 될 수 있을지언정 끓는 가마솥에 영혼을 넣어 수중

기로 변하게 하지는 못합니다. 자기의 무상함을 알아차린 사람은 오히려 자기 자아가 현실적인 신성을 반영한 것이라고 받아들여야 합니다. 『독일 신학』 속엔 이런 말이 있습니다.

"흘러나온 것은 결코 참된 실체가 아니다. 완전한 자 외에는 실체가 없는 것이니, 그것은 우연이나 광채가 아니면 반사된 영상이다. 그것은 실체가 아니며 태양이나 빛에서처럼 화염을 내는 불꽃만이 실체를 가지는 것이니라."

그러나 신에게서 흘러나온 것은 그것이 설사 불에서 흘러나오는 빛에 불과할지라도 그 자체 속에 신적인 존재를 갖고 있습니다. 즉, 빛을 발하지 않는 화염, 빛 없는 태양, 피조물 없는 창조자가 대체 무슨 의미가 있겠습니까. 그런 문제에 대해서는 다음과 같은 말이 적절하게 그것을 표현해 주고 있습니다.

"어떤 인간, 어떤 피조물을 막론하고 은밀한 신의 충고와 의도를 알아내려고 애쓰는 것은 아담이나 악마의 행동을 원하는 것 외에 아무것도 아니다."

그러므로 우리는 우리들이 신의 반사라고 느끼고 그렇게 보이는 것으로 만족해야 할 것입니다. 실제로 신령이 되기까지는 우리를 비추어주는 신령의 불빛이 가려지거나 꺼져서는 안 될 것입니다. 오히려 주위에 있는 모든 것을 비추어주고 따뜻하게 하게끔 충분히 타오르게 해야 할 것입니다. 그렇게 되어야 사람들은 혈관 속에 살아흐르는 불을 느끼게 되며, 인생의 투쟁을 위하여 보다 높은 영감을 느끼게 될 것입니다. 그리하여 아무리 하찮은 의무라 하더라도 신이 내리신 것이라 여기며, 세속적인 것이 신적인 것이 되고, 찰나가 영원이 되며, 우리들의 생명은 신과 함께 사는 생명이 됩니다. 신은 영원한 휴식이 아니라 영원한 생명입니다. 앙겔루스 실레지우스(중세의 신비주의적인 종교 시인)가 다음과 같이 노래하며 신이란 의지가 없는 존재라고 말했을 때, 그는 그 점을 잊고 있었던 것입니다.

우리들은 기도한다.

오, 신이여.

당신 뜻대로 하소서 하고.

그러나 보라

그분에게는 의지가 없나니

신은 영원한 휴식일 뿐.

Wir beten : 'Es gescheh' mein Herr und Gott dein wille.'
Und sieh, er hat nicht Will', er ist ein' ew' ge Stille.」

내가 말하는 동안 그녀는 말없이 듣고만 있었다. 그리고 잠시 생각에 잠겼다가 말했다.

「당신의 믿음에는 건전함과 힘이 있어요. 하지만 세상에는 휴식과 잠을 그리워하는 생활에 지친 영혼도 있답니다. 그런 사람들은 너무

외로움에 지쳐 설사 신에게 안겨 잠을 잔다고 하더라도 세상이 그를 잃는 것을 아쉬워하지 않는 것과 마찬가지로 이세상에 대해 별로 애착을 느끼지 않아요. 지금이라도 신의 품에 안길 수 있다면 그들에게 신성한 휴식이 허락될 것이라는 희망을 갖고 있지요. 그렇게 생각할 수 있으므로 그들은 이세상과 연결시키는 아무 결속도 갖고 있지 않으며 그들의 마음에도 쉬고 싶다는 소원 외엔 다른 소원은 없거든요.

휴식만이 지고의 선,
만약 신이 곧 휴식이 아니라면
나 스스로 그분 앞에서
두 눈을 감아버리리라.

Ruh ist das höchste Gut, und wäre Gott nicht Ruh', Ich schosse vor ihm selbst mein' Augen beide zu.

당신은 『독일 신학』에 대해 조금 잘못 이해하고 계시는 것 같아요. 그 책은 외면 생활의 무의미함을 가르쳐주기는 하지만 그 삶이 멸망하는 것을 바라지는 않았어요. 제게 그 책 28장을 좀 읽어주세요.」
내가 그 책을 읽어줄 때 그녀는 눈을 감은 채 듣고 있었다.
「만약에 진실로 이런 합일이 이루어진다면 곧 그 내적인 인간은 그 합일 속에서 움직이지 않게 되며, 신은 외적인 인간을 이쪽에서 저쪽으로, 저쪽에서 이쪽으로 움직이게 하리라. 그것은 필연적인 사실이며 또 그렇게 되어야만 할 것이니라. 그리하여 외적인 인간은 분명 이와같이 말하느니라. 나는 존재하고 싶지도, 또 존재하고 싶지 않지도 않으며, 산 것도 죽은 것도 아니요, 아는 것도 모르는 것도 아니고, 행하는 것도 행하지 않는 것도 아니니라. 모든 것이 이와 같아야 하고 또 그렇게 이루어져야 할 것이로다. 나는 그것이 능동적인 방법이든 피동적인 방법이든 거기에 순응할 마음의 준비가 되어 있노라.

그러므로 외면적인 인간은 사리를 캐거나 스스로 구하는 것이 아니라 영원한 뜻만으로 만족하는 법이니라. 내면적인 인간은 움직이지 않도록 외면적인 인간이 움직이게끔 정해진 것이다. 만약에 내면적인 인간이 외면적인 인간의 움직임에 대해 연유를 묻는다면 그연유란 다름아닌 영원한 의지에 의해 필연적으로 그렇게 될 수밖에 없는 것이라 하겠도다.

그리고 신 자신이 인간이 되는 경우도 마찬가지니라. 그리스도에서 그것을 알게 되었을 것이로다. 그와 같은 합일이 신의 빛 속에서 일어나고 이루어진다면 거기에는 교만도, 경박한 욕심도, 자유분방함도 없을 것이며, 있는 것은 오직 자신을 굽힐 줄 아는 성실과 정직, 평등과 진리, 평화와 만족뿐이리라. 요컨대 덕성이라 불리는 온갖 것이 거기에 있을 것이니라. 만약에 그런 덕이 없다고 한다면 앞에서 말한 합일도 있을 수 없으리라. 그와 같은 것들이 이런 합일을 돕거나 이끌어갈 수가 없듯이 어떠한 것도 그 합일을 교란시키고 방해하지도 않을 것이기 때문이노라. 오직 인간만이 그 의지로 해서 그것이 큰 해를 끼칠 것이니라. 인간은 모름지기 이 점을 깊이 새겨두어야 할지니라.」

「됐어요. 그것으로 충분해요. 이것으로서 우리는 서로 이해하게 되었다고 믿어요. 또 다른 대목에서도 그분은 그림에 대해 명백히 밝히고 있어요. 즉, 어떤 인간도 죽음을 앞에 두고 움직이지 않을 수 없으며, 신격화된 인간은 신의 손과 같아서 신의 의지대로 행하는 것이라고요. 혹은 신이 계시는 신전(神殿) 같은 것이라고도 말해요. 그리고 신을 신봉하는 사람은 그것을 잘 알기는 하지만 그것에 대해 아무 말도 하지 않고 자신의 삶을 마치 사랑의 비밀을 간직하듯 신 속에 감추고 있는 거예요. 나는 가끔 내가 저 창 앞에 서 있는 백양나무 같다고 느껴요. 그 나무는 저녁 무렵이 되면 움직이지 않고 조용히 서 있지요. 나뭇잎 하나 흔들리지 않아요. 그러다가 아침이 되면 잔잔한 미풍에도 잎 하나하나가 흔들리거든요. 나무 줄기는 여전히 꼼짝도 않는데 말이에요. 가을이 되면 그 잎들은 떨며 땅으로 떨어져 시들지만 그 줄기는 새 봄을 끈질기게 기다리는 거예요.」

그녀는 이러한 세계에 깊이 빠져 있었기 때문에 나는 그녀를 방해하고 싶지 않았다. 나 자신도 그런 사상이 주는 마력에서 겨우 벗어났지 않은가. 그녀가 오히려 올바른 것을 택한 게 아닌가 할 정도였다. 우리들이 훨씬 더 근심 걱정이 많은 것만 같았다.

이런 식으로 대화는 매일 저녁 새롭게 계속되었고, 그럴 때마다 바닥을 헤아릴 수 없이 깊은 그녀의 마음을 들여다보는 나의 시야는 자꾸만 넓게 열려져 갔다. 그녀는 내게 아무것도 감추는 게 없었다.

그녀는 느끼고 생각한 것을 그대로 말했다. 이미 여러 해 동안 그녀의 마음속에서 자라온 것들이었다. 그녀는 가슴 가득히 꽃을 꺾어 모았다가 아무 미련 없이 그 꽃들을 다시 잔디 위에 흩뿌리는 아이처럼 그 생각들을 헤쳤다.

그러나 나는 그녀가 하듯 그녀에게 마음을 활짝 열어놓을 수가 없었다. 그것이 나를 괴롭혔고 우울하게 만들었다. 그렇듯 항상 마음을 감추는 것, 그것이 바로 사회가 우리들에게 요구하는 것이며, 이 사회는 그것을 관습이라든가 예절이라든가 분별 혹은 현명이라 규정지어 버림으로써 우리들의 삶을 가면무도회처럼 만들어 버린다. 자신의 본질이 갖는 참모습을 찾을 수 있는 사람이 과연 몇이나 될까!

심지어 사랑에 있어서도 하고 싶은 말은 솔직하게 하고, 침묵하고 싶을 때는 침묵하도록 내버려두지 않고, 공연히 시인의 말을 빌려 아첨을 하거나 괴롭다는 듯 한숨을 쉰다. 자유롭게 상대하고 자신을 내비추어 보이고 자신을 바칠 수는 없는 것일까.

나는 그녀에게 '당신은 나를 이해하지 못하고 있습니다' 하고 솔직히 고백하고도 싶었으나, 그렇게 말할 수가 없었다. 그래서 그곳을 떠나오기 전에 최근에 갖게 된 아놀드(영국의 시인이며 비평가)의 시집 한 권을 주며 「파묻힌 생명」이라는 시 한 편을 읽어보라고 했다. 그것이 바로 나의 고백이었던 것이다. 그런 다음 나는 그녀의 병상

곁에 무릎을 꿇고 저녁 인사를 했다.

그녀도 「안녕히」 하고 대답하며 나의 머리 위에 손을 얹었다. 그 손길은 온통 나를 전율케 했고, 어린 시절의 꿈들이 내 영혼 속에서 펄럭였다. 나는 자리를 뜰 수가 없었다. 나는 그녀의 깊고도 신비로운 눈을 응시하면서 그녀의 영혼이 주는 평화가 내 영혼에 스며들기를 기다렸다. 마침내 나는 몸을 일으켜 말없이 집으로 돌아왔다.

그날 밤, 나는 바람에 흔들리는 백양나무의 꿈을 꾸었다. 꿈속의 그 나무 주위에서는 바람이 거세게 울부짖고 있었는데도 가지에 매달린 잎새는 하나도 흔들리지 않는 것이었다.

파묻힌 생명

이제, 우리들 사이 가벼운 농담 오고 가지만
보라, 내 눈물에 고인 눈물의 흔적을!
이름 모를 슬픔이 내 가슴에 넘치누나.

그렇다! 그렇다!
우리는 안다, 농담을 주고받으며
유쾌한 웃음 즐길 줄도.
그렇지만 이 가슴 한구석엔 남모를 슬픔 숨겨져 있어,
그대의 농담 받아들이지 못하고

그대의 즐거운 미소도 내게는 아무 위안이 못 되네.

그대의 손 내 손에 얹고
말없이 내게로 몸 기대어 오라.
사랑하는 이여,
그대 수정 같은 눈동자 내게로 돌려
그대 마음 깊은 곳 들여다보게 해다오.

아! 참다운 사랑조차 활짝 마음 열어
고백할 수 없단 말인가?
용기 없어 사랑하는 사람에게조차
진실로 가슴에 품은 말 주고받지 못하는가?
사람들은 한사코 자기 생각을 감추려 함을 나는 알고 있다.
솔직히 고백했다가 거절당할까, 멸시받을까 두려워함이라.
나는 알고 있다,
사람들이 가면 속에 모든 걸 숨기고
자신에게나 타인에게나
서먹서먹하지 않을 수 없음을.
하지만 누구의 가슴에서나 뛰는 것은
똑같은 심장.
우리 서로 사랑하는 사람들끼리도

그런 속박 마음에 지녀
입 열어 말 못하는 한스러움이여!

아! 단 한순간만이라도
서로의 마음 활짝 열고
그 마음 입술에 담아보았으면,
여태껏 내버려둔 사슬 묶인 입술은
우리들의 불행.
인간이 변덕스러운 아이가 되어
장난에 마음을 빼앗기고
싸움과 위험에 몸을 맡겨
본성을 잃는 것은 신의 섭리.
하지만 그 섭리는
보이지 않는 생명의 강물에 명하여
경박에서 참된 자아를 지키고
존재의 법칙에 순응하도록 강요하여
우리 가슴의 깊은 물줄기를 지나
보이지 않는 흐름으로 떠밀어 가는구나.
그러한 섭리에 따라 인간의 눈은
숨겨진 흐름을 보지 못하고
장님 같은 불안 속에서

영원히 생명의 강과 함께 흘러

정처없이 떠도는 것 같구나.

하지만 보라! 세상의 온갖 혼잡 속에서

투쟁과 약탈 속에서

감춰진 생명의 신비를 알아내려는 욕구가

우리들 내부에서 자주 솟구쳐오르는 것을.

그것은 가슴속의 열망과 심층의 힘을 모아

생명의 길을 탐지하고 참되고 깊은 노정을 찾아내려는

우리들의 욕구.

그것은 강렬하고 깊은 열정으로

우리 가슴을 두드려

가슴속 신비를 찾아내려는 동경.

어디서 와서 어디로 가는지를

알아내려는 열망.

많은 사람들이 자신의 가슴속을 탐색하지만,

속속들이 깊이 아는 사람 아무도 없다!

우리들, 수많은 일터에서

그 힘과 기량 모자람 없건만

유구한 시간의 흐름 속에서 단 한순간이라도

우리의 본질적인 일터에서

우리의 본질적인 자아가 되어 본 일은 거의 없다.
우리 가슴속을 흐르는 수없는 감정 중
단 한가닥이나마 표현할 능력 없고
영원히 묻힌 채 흘러가고 만다.
오랜 세월 동안
우리들 내부에 숨겨진 참된 자아를 좇아
말하고 행동하려 했으나 헛된 일이었다.
아! 우리가 이제 말하고 행동하는 것은
아름답고 선하나
그것이 진실은 아니어라!
그리하여 보상 없는 헛수고에 지치고
내면과의 싸움에 지쳐
괴로워하지 않으리라.
시간의 순간순간마다에
마비시키는 힘을 갈구하지 않으리라.
아! 정말이지 그것은 우리의 요구에 따라
즉시 우리를 마비시켰었다.
그러나 아직도 영혼의 깊은 곳에서
이따금 희미한 그림자 고개 쳐들어
머나먼 나라에서 온 듯
달콤함 마력의 메아리로 우리를 감싸

우리들의 사고에 우수를 더해준다.

비록 흔한 일은 아니나

우리 손에 어느 사랑하는 손이 쥐어질 때

광채와 소음에서 헤어날 때,

시간이 영원으로 흐를 때,

우리 눈이 상대의 눈이 하는 말을 분명히 읽을 수 있을 때,

세상에 귀먹은 우리들의 귀에

사랑하는 이의 목소리가 부드럽게 울릴 때,

이때만은 우리 가슴속 어디에선가

빗장이 열리는 소리 들리고

오래도록 잊고 있던 감정의 맥박이

새롭게 뛰기 시작한다.

눈빛은 고요하고 가슴은 편안하며

우리는 우리가 뜻하고 말하고 원하는 것이

무엇인지 알게 된다.

그때, 인간은 자기 생명의 흐름을 보며

속삭이는 내심의 조용한 목소리를 들으며

스치는 바람과 초원의 향내를 맡고

꽃과 햇빛을 보게 된다.

눈앞에 일렁이는

화살처럼 흐르는 휴식의 그림자를
쉴새없이 쫓았건만
마침내 휴식은 찾아오지 않는구나.
서늘한 바람이 그의 얼굴을 스치면
보이지 않는 평온이 가슴에 찾아올 뿐,
그럴 때, 인간은 생각한다.
자신의 생명이 시작된 근원과
그 생명이 흘러들어가는 대양을 알고 있다고.

Das Begrabene Leben

Es spielt jetzt zwischen uns der Scherz so leicht.

Und doch siehst du mein Auge tränenfeucht;

Mich überkommt' s mit namenloser Trauer.

Ja, ja, wir wissen da βwir scherzen können,

Wir dürfen uns ein frohes Lächeln gönnen,

Und doch birgt biese Brust geheimen Schauer,

Ein Etwas, das dein Scherzen nicht verscheucht,

Für das dein Lächeln Balsam reicht.

Leg' deine Hand in mein und, schweigend

Und wortelos zu mir herüberneigend,

La ßmich in diesen klaren Augen lesen,

Geliebte, deiner Seele innerlichstes Wesen.

Ach! kann denn selbst die wahre Liebe nicht

Das Herz erschlie ßen, da ßes spricht?

Fehlt selbst den Liebenden die Macht, zu sagen

Einander, was sie wirklich in sich tragen?

Wohl wu ßt' ich, daß der Mensch verhehlt.

Sein Denken, weil die Furcht ihn quält,

Es möchte, würd' es jemals offenbar,

Gleichgültig abgewiesen, oder gar

Getadelt werden von der andern Schar.

So habe ich auch wohl gewu ßt,

Da ßsich der Menschen Leben und ihr Treiben

In Trug versteckt, und da ßsie fremde bleiben

Sich selbst und andern ; und doch schlägt

Das gleiche Herz in jeder Menschenbrust.

Doch wir, Geliebte? Lastet solcher Bann

Auch uns auf Herz und Mund, da ßer nicht sprechen kann?

Ach! wohl uns, wenn nur einen Augenblick

Wir können unser Herz befrein

Und unserm Lippen Sprache leihn;

Denn was sie fesslte, das ist Geschick!

Die Vorsehung, bewußt.

Welch leichtes Kind der Mensch einst würde sein,

Wie er Zerstreuungen würd' unterliegen,

In Streit sich stürzen und Gefahren

Und fast vertauschen seine Eigenheit,

Sie hieß—vor seinem Leichtsinn zu bewahren

Sein Wahres Selbst, und ihn zu zwingen,

Sich selbst zum Trotze, sich zu fügen

In die Gesetze seines Seins—

Den unbemerkten Strom des Lebens

Hin durch die tiefen Gänge unsrer Brust

In unsichtbarem Fluten vorwärts dringen;

Und sie gebot, und nicht vergebens,

Daß von den Menschenaugen keins

Den tief begrabnen Strom je fände,

Und wir erscheinen sollten,

Als ob wir blind ins Ungewisse rollten,

Obschon mit ihm wir treiben ohne Ende.

Doch sieh! im dichtsten Weltgedränge

Und mitten in dem Kämpfen, Jagen,

Kommt oft das unaussprechliche Verlangen

In uns, zu kennen das begrabne Leben.

Es ist ein Dürsten, alles dran zu geben,

Das innre Feuer, die unstete Kraft,

Um auszuspüren unsres Lebens Gänge

Und seinen wahren, tiefsten Lauf zu finden;

Es ist die Sehnsucht, zu ergründen

Dies Herz in uns, des pulse schlagen

So wild, so stark, so voller Leidenschaft;

Es ist der Wunsch, Gewiβheit zu empfangen,

Wie die Gedanken wohl entstehn,

Woher sie kommen und wohin sie gehn.

Und dann forseht mancher in der eignen Brust,

Doch keiner, ach! gräbt iemals tief genug.

Denn tausendfältig sind wir wohl gewesen

Und jede Macht und Kunst war uns bewuβt,

Doch war Kaum eine Stunde in der Zeiten Flug,

Die Zeigte unser eigentliches Wesen;

Kaum waren wir zu äußern so geschickt

Nur eins von allen den Gefühlen,

Die namenlos durch unsre Brüst sich wühlen—

Und ewig fluten sie unausgedrückt.

Und lang' versuchen wir vergebens

Zu sprechen und zu handeln

Nach dem in uns verborgnen Selbst ; doch ach!

Was wir nun sagen, was wir tun, ist klar,

Beredsam, schön und gut,—doch ist' s nicht wahr

Und müde dann des unbelohnten Strebens,

Des innern Kampfes, wenden wir uns ab,

Verzweifelt fordernd von dem Augenblicke,

DaBer mit tausend Nichtsen unsrer Qual

Betäubung und Vergessen schicke;

Ach ja! und das kommt schnell we man' s befahl!

Doch aus der Seele Tiefen heben

Von Zeit zu Zeit, undeutlich, Schatten gleich,

Als stammten sie aus fernem, fernem Reich,

Sich Klänge, leise Echos, die umschweben

Mit süßem Zauber uns und senken

Melancholie in unser Denken,

Da βwir den Ganzen Tag des schweren,

Verbrognen Grams uns nicht erwehren.

Nur wann, doch selten ist' s gestattet,

In unsre eine teure Hand sich legt;

Wann, von dem Glanze und dem Lärm ermattet,

Mit dem die Stunde ewig Stunden schlägt,

Klar unser Auge lesen kann

In einem andern Auge ; wann

In unser weltbetäubtes Ohr der Klang

Geliebter Stimme schmeichelnd drang,

Scheint irgendwo in unsrer Brust

Ein Riegel sich zurückzuschnellen,

Vnd ein Gefühl, das lang' uns nicht bewuβt,

Schlägt neue Wellen.

Nach innen schaut der Blick, und unverhüllt,

Sieht er das Herz, und was es nun erfüllt,

Das sagen wir, und wissen auch, was unser Wille.

Dann sieht der Mensch den Lebensstrom ; das stille

Gemurmel seiner Wellen hört er, fühlt die Lüfte,

Die ihn befächeln, atmet froh die Düfte

Der Wiesen, wo er gleitet, ein,

Und schaut die Blumen und den Sonnenschein.

Und in das hei βe Jagen nach der Ruhe,

Den flücht' gen falschen Schatten, den er stets

Vor sich einhertreibt, was er immer tue,

Kommt jetzt ein Stillestand. So Kühlend, weht' s

Aufs Antlitz ihm, verscheuchend alle Pein.

In seine Brust zieht seltner Friede ein; —

Und dann glaubt er, er fand

Die Hügel wo sein Lebensstrom entstand,

Den Ozean wohin er sich gewandt······.

여섯 번째 회상

다음날 아침 누군가가 우리집 문을 두드렸다. 집안으로 들어선 사람은 노의사(老醫師)이며 성의 시의(侍醫)인 호프라트였다. 그분은 그 조그마한 도시에 사는 우리들 모두의 친구이자 육체와 영혼의 구조자이기도 했다. 그분은 두 세대에 걸쳐서 우리들이 자라는 모습을 지켜 보아왔다.

그가 출산을 돌봐준 아이들이 다시 아버지 어머니가 되었지만, 아직도 그는 그 사람들을 어린아이로 생각하고 있었다. 그는 독신으로 지냈고, 나이가 많은 것에 비해 아직 정정하고 멋있는 남자였다. 지금도 기억나는 것은 내가 어린아이였을 때, 내 앞에 서 있던 그의 모습이다. 짙은 눈썹 밑에서 빛나는 맑고 푸른 눈, 숱이 많은 머리카락은 백발이 다 되었어도 여전히 젊은 힘으로 가득 차 있다.

그리고 은장식이 달린 구두와 흰 양말, 갈색 외투——그 외투는 무척 오래된 것 같기도 하고 아주 새것인 것 같기도 했는데——등 하나도 잊을 수 없다. 그의 꼬부랑 지팡이는 내가 어렸을 때 그분이 나의 맥을 짚어본다든지 처방을 해줄 때, 내 침대 곁에 세워져 있던 바로 그 지팡이였다.

어린 시절 나는 자주 앓았다. 내가 병에서 회복될 수 있게 만든 것은 그분에 대한 나의 신뢰감이었다. 나는 그분이 내 병을 고쳐주리라는 것에 대해 단 한 번도 의심해 본 적이 없었다. 어머니께서 나를 회복시키기 위해서는 성의 시의를 모셔와야겠다고 말씀하시는 것은 해어진 양복을 수선하기 위해 재단사를 불러와야겠다고 말씀하시는 것과 마찬가지였다. 나는 그분이 지어주는 약을 먹기만 하면 곧 몸이 나아지는 것 같았다.

「여보게, 잘 지내나?」

하고 그분은 방안으로 들어서며 말했다.

「안색이 별로 좋아보이지 않는군. 공부를 너무 열심히 하지는 말게나. 길게 얘기할 시간이 없네. 한 가지만 말하고 가겠네. 자네, 다시는 마리아 공녀님을 뵈러 가서는 안 된다네. 어제 밤새도록 공녀님을 돌보아야 했는데, 그건 자네 탓일세. 그분의 생명이 아깝게 생각된다면 절대로 다시 가서는 안 돼. 가능한 한 빨리 그분은 시골로 전지 요양을 떠나야 해. 자네도 잠시 여행을 떠나는 것이 좋을 것 같구먼. 자, 그럼 난 가보겠네. 내 말을 명심하게.」

이 말과 함께 그는 내게 악수를 청하면서 마치 약속이라도 얻어내려는 듯 나의 눈을 그윽이 쳐다보다가는 앓는 아이들을 돌보기 위해 가버렸다.

다른 사람이 갑자기 내 비밀 속으로 깊숙이 파고 들어왔다는 것, 그리고 그가 심지어는 나 자신조차 모르는 것을 알고 있었다는 사실에 너무 놀랐다. 내가 미처 생각을 가다듬기도 전에 그분은 이미 한 길을 걸어가고 있었다. 내 가슴은 오랫동안 불 위에 올려진 물이 처음에는 가만히 있었지만 갑자기 끓기 시작하고 마침내는 넘쳐흐르는 것 같았다.

그녀를 다시는 만날 수 없다니. 나는 그녀 곁에 있을 때만 살아 있는 사람이 아닌가? 나는 그저 가만히 바라보는 것만으로도 좋다, 아무 말도 하지 않아도 상관없다. 다만 그녀가 잠들어 꿈을 꿀 때 그 창가에 서 있기만 해도 좋다. 그런데 그녀를 다시는 볼 수 없다고? 작별 인사조차 안 된다는 말인가?

그녀는 내가 그녀를 사랑한다는 사실도 모르며, 또 알 리도 없다. 나는 아무것도 열망하지 않으며 아무것도 바라지 않는다. 내가 그녀 곁에 있을 때만큼 내 가슴이 평온한 적은 없었다. 나는 그녀를 가까이에서 느껴야 하며 그녀의 영혼을 호흡해야 한다. 그녀에게 가지 않으면 안 된다. 그녀도 나를 기다리고 있다. 운명이 두 영혼을 결합시킬 때 아무 목적도 없었단 말인가?

나는 그녀의 위안이 되고 그녀는 나의 휴식이 되어서는 안 된다는 말인가? 인생이란 결코 장난이 아니다. 두 영혼은 열풍에 불려 모였다가 허물어지는 모래알 같은 게 아니다. 다정한 운명의 손길이 우리에게 안내해 준 영혼들을 우리는 단단히 붙잡고 놓아주지 말아야 할 것이 아닌가. 그들은 우리들을 위하여 존재하기 때문이다. 그리고 우리가 그들을 위하여 살고 싸우고 죽는다면 그 어떤 힘도 우리들을 갈라놓지 못하리라. 그리고 내가 한동안 그 아래 누워 꿈꾸던 나무 밑을 천둥이 한 번 울리자 떠나듯 그녀 곁을 떠난다면 그녀는 나를 경멸하지 않겠는가?

그러자 나의 가슴은 갑자기 조용해지고 단지 내게 들리는 것은 '그녀의 사랑' 이라는 그 말뿐이었다. 그 말은 나의 영혼의 틈바구니를 뚫고 메아리쳐 와 나 자신도 놀라지 않을 수가 없었다. 그녀의 사랑, 내가 어떻게 그것을 얻을 수 있단 말인가? 그녀는 내 속마음을 거의 모른다. 만약 그녀가 나를 사랑할 수 있게 된다고 할지라도 나는 천사의 사랑을 받을 자격이 없음을 고백하지 않을 수 없으리라.

나의 영혼 속을 흐르는 온갖 사념이나 희망들은 마치 철책이 자기를 둘러싸고 있다는 사실을 모르고 푸른 창공으로 날아오르려는 새처럼 다시 지상으로 되돌아오지 않을 수 없었다. 행복이 그토록 가까이에 있는데도 왜 잡을 수 없단 말인가? 신은 기적을 행할 수 있지 않은가? 아침마다 기적을 행하고 있지 않은가 말이다.

신은 마음 가득히 그분을 믿고 위안과 도움을 얻을 때까지는 지쳐서 허덕이더라도 결코 물러서지 않는다면 나의 기도를 들어주시지 않았던가? 우리가 갈구하는 것은 절대로 세속적인 축복은 아니다. 바라는 것은 오직 서로 만난 두 영혼이 손을 맞잡고 서로를 바라보며 지상에서의 짧은 여행을 함께하고 싶다는 것, 내가 보호자가 되어주고 그녀는 내게 위안이 되고 귀한 짐이 되어 함께 목적지까지 간다는 것, 그것이 바로 우리들의 소원이다.

지금이라도 그녀의 삶에 늦봄이 찾아오고 그녀에게서 고통을 제거할 수 있다면 얼마나 아름다운 정경이 나의 눈앞에 전개될 것인가! 이제는 그녀의 소유가 됐지만 돌아가신 그녀 어머니의 것이었던 티롤 지방의 그 옛 성, 그곳의 푸른 산, 상쾌하고 맑은 산공기, 건강하고 소박한 주민들, 그곳이라면 세상의 번민과 근심과 싸움에서 멀리 떨어져 있어 질투하는 사람도 심판하는 사람도 없고 우리는 축복받은 안정 속에서 인생의 황혼기를 맞이하여 저녁놀처럼 조용히 사라져갈 수 있지 않을까!

그러자 내 눈에는 은빛 물결이 반짝이는 검은 호수와, 거기에 맑게 비치는 먼 설봉의 그림자가 보였고, 내 귀에는 양떼들의 방울 소리와 목동들의 노랫소리가 들려왔다. 어깨에 사냥총을 멘 사냥꾼들이 산을 넘어가는 모습, 저녁이면 마을로 모여드는 노인들과 젊은이들의 모습도 보였다. 그녀는 가는 곳마다 천사처럼 평화를 뿌리고, 나는 그녀의 친구이자 안내자가 된다.

이런 바보! 나는 외쳤다. 정말로 바보로구나! 네 마음은 어쩌면 그렇게 거칠면서도 약하단 말이냐? 정신 좀 차려라! 네 처지를 곰곰 생각해 봐. 그녀와 얼마나 떨어져 있나를 생각해보란 말이야!

물론 그녀는 다정하고 친절하다. 그녀는 다른 영혼에 자기 자신을 비추어보기를 좋아하나, 그녀의 천진난만한 태도는 그 가슴속에 너에 대한 깊은 감정을 지니고 있지 않다는 가장 큰 증거가 아니고 무엇인가.

너는 달 밝은 여름밤 숲속을 거닌 적이 없는가? 그때 달은 그 은빛 월광을 가지와 잎새마다 쏟아주지만 어두운 흙탕물도 비춰주고 아무리 작은 물방울에도 아름답게 자신을 반영해 주지 않던가? 그녀 역시 그렇게 너의 어두운 삶에 빛을 던져주고 있는 것이다. 그러니 너는 그녀의 그 부드러운 빛을 네 마음속에 투영시켜 지닐 수는 있으나 결코 그 이상의 더 따뜻한 것을 바라서는 안 될 것이다.

그러자 갑자기 그녀의 생생한 모습이 눈앞에 떠올랐다. 그녀는 추억으로서가 아니라 실상으로서 내 앞에 서 있었다. 나는 비로소 그녀가 얼마나 아름다운가 하는 것을 깨닫게 되었다. 그것은 아름다운 처녀처럼 처음에는 우리 눈을 홀리다가도 얼마 가지 않아서 봄꽃처럼 시드는 그런 아름다움이 아니었다. 완전한 존재가 갖는 조화였다. 그것은 동작 하나하나의 진실이며, 영적인 표현이요, 육체와 영혼의 완전한 융합이어서 그녀를 바라보는 이에게 즐거움을 주는 것이었다.

자연이 아낌없이 나누어준 아름다움은 그것을 받는 사람이 그럴 만한 자격이 없거나 그것을 완전히 정복하지 못한다면 결코 만족감을 주지 못한다. 여왕의 의상을 차려입고 무대에 나타난 배우가 한결

음 한걸음 걸을 때마다 의상과 몸이 따로놀아 완전히 그의 것이 되지 못하면 아름다움은 오히려 눈에 거슬리는 것이 되고 만다.

참된 미는 전아(典雅)이며, 전아는 온갖 조잡한 것, 육체적인 것, 세속적인 것을 영화(靈化)시키는 것이다. 심지어는 추한 것을 아름답게 바꾸어주는 것이 바로 영혼이란 것이다.

내 앞에 서 있는 그 상(像)을 자세히 들여다보면 볼수록 어느 곳에서도 그 자태의 아름다움이 풍겨나오고 그녀의 전 존재가 갖는 영혼의 깊이를 알아볼 수 있었다. 아! 가슴 벅찬 행복이 그 얼마나 가까이에 있는가! 그러나 그 모든 것은 이 지상의 세속적인 행복의 정점을 슬쩍 보여주고는 영원히 그 단조로운 삶의 사막으로 나를 내쫓으려는 데 불과한 것이었다. 차라리 이세상에 그런 보물이 숨겨져 있다는 것을 몰랐더라면 얼마나 좋았을까! 단 한 번 사랑하고는 영원히 혼자여야 한다는 것, 단 한 번 믿어보고 영원히 의심해야 한다는 것, 단 한 번 빛을 보고 영원히 장님이 되어야 한다는 것, 그것은 너무나 가혹한 고문이어서 이세상의 모든 고문실은 그것에 비하면 아무것도 아니었다.

미친 듯한 나의 상념은 앞으로 앞으로 내달리기만 하다가 끝내 모든 것이 조용해지고 소용돌이치던 느낌들이 한 군데 모여 정지했다. 이런 고요와 안정된 상태를 명상이라 부를 수 있겠으나, 그것은 차라리 관찰과 같은 것이다. 사람은 온갖 상념들을 한 군데 혼합해서 거기에 시간을 부여하여 그 모든 것이 영원한 법칙에 따라 스스로 결정

화되도록 하는 것이다. 그리하여 그 과정을 과학자처럼 관찰하면서 그것이 하나의 형태를 얻게 되면 그 요소들이 처음에 우리들이 기대했던 것과 다른 데 대해 놀라게 된다.

내가 마비상태에서 깨어나 제일 처음으로 입에 올린 말은 '여행을 가자' 였다. 나는 곧 자리에 앉아 호프라이트 씨에게 편지를 썼다. 이 주일 동안 여행을 떠나는데, 모든 것은 그분에게 맡긴다는 내용이었다. 부모님들에게 꾸며댈 구실도 이내 찾아내었다. 그리하여 그날 저녁때 나는 이미 티롤을 향해 가고 있었다.

일곱 번째 회상

    친한 친구와 팔짱을 끼고 티롤 지방의 산과 계곡을 누비노라면 신선한 생의 환희와 욕구를 느끼게 된다. 그러나 홀로 온갖 생각에 파묻혀 그 길을 헤매는 것은 쓸데없는 시간과 노력의 낭비일 뿐이다.

    푸른 들과 어두운 계곡들, 푸른 호수와 요란한 폭포가 내게 무슨 흥미가 있단 말인가! 내가 그것들을 쳐다보는 것이 아니라 그것들이 나를 쳐다보며 혼자 어정거리는 나를 이상하게 여긴다. 이세상에서 아무도 나와 함께 있고 싶어하지 않는다는 생각에 나의 가슴은 죄어드는 듯했다.

    나는 그런 생각에 사로잡혀 매일 아침 잠에서 깨어났으며, 그 생각은 아무리 떨쳐버리려 해도 내 몸을 감싸고 도는 노래처럼 하루종일 나를 뒤쫓아왔다. 저녁이 되어서야 여관으로 돌아와 하루 종일 지친 표정으로 자리에 앉으면 사람들은 방랑자인 나를 이상한 눈초리로 쳐다보는 것이었다. 이 사실을 알아차린 후부터는 어둠 속으로 나갔다가 한밤중이 되어서야 살그머니 돌아와 조용히 방으로 올라가 침대에 몸을 던졌다. 잠이 들 때까지 슈베르트의 '그대가 있지 않는 그곳에 행복이 있노라' 하는 노래가 가슴으로 울려왔다.

결국에는 만나는 사람들, 찬란한 자연을 즐기고 환호하며 웃고 떠드는 사람들이 보기 싫어 낮에는 하루종일 잠을 자고 달빛이 환한 밤중에 홀로 거닐며 이곳저곳 방랑을 계속했다. 그때 나의 상념들을 몰아내고 흩뜨리는 하나의 감정이 있었는데, 그것은 공포심이었다. 밤새 혼자서 길도 모르는 산을 올라가 본 사람은 누구나 경험하게 되는 것이다. 눈은 부자연스럽게 긴장되어 쓸데없이 먼 곳에 있는 물체를 보게 마련이며, 귀는 병적으로 날카로워져서 어디서 들려오는지도 모를 소리를 듣게 되고, 발은 바위 틈을 헤치고 뻗어난 나무 뿌리에 걸리거나 물이끼 낀 길에서 미끄러지게 마련이다. 그러면서 가슴속에는 위로할 길 없는 폐허가 도사리고 있어 우리들의 마음을 따뜻하게 해줄 추억도, 매달릴 희망도 없다. 그런 경험을 해본 사람이라면 밤이 주는 그 차가운 공포를 안팎으로 느끼게 된다는 사실을 알게 되리라.

인간이 느끼는 최초의 공포는 신에게서 버림받는 데서부터 생겨났다. 하지만 생활이라는 것이 그 공포를 쫓아내주며, 신의 영상을 본떠서 창조된 인간들이 고독한 우리들을 위로해 준다. 그러나 그 위안과 사랑조차 우리들을 버리고 나면 우리들은 하느님과 인간들, 그 양자에게서 다 버림을 받았다고 느끼게 되고, 말없는 자연조차 우리들을 위로해 주기는커녕 우리들을 놀라게 한다.

설령 우리들이 단단한 바위 위에 발을 올려놓고 있다가도 갑자기 이 바위가 굴러떨어지지 않을까 하는 공포심이 들 때가 있고, 달빛이 전나무 뒤로 모습을 나타내어 그 나무의 날카로운 그림자를 암벽에 그려주어도 그 암벽에 드리워진 그림자는 태엽이 감겼으나 끝내 다 풀려 시간을 알리지 못하는, 죽어버린 시계 바늘처럼 보인다. 심지어 별을 바라보아도, 넓은 창공을 바라보아도, 그 어느 곳에도 몸을 떨면서 버림받았다고 느끼는 고독한 영혼이 머무를 안식처는 없지 않은가!

오직 한 가지 생각만이 때때로 우리들에게 위안을 줄 뿐이다. 그것이 자연의 안식이요, 질서요, 무한이요, 필연성이다. 폭포 양쪽에 있는 회색의 돌들이 검푸른 이끼로 뒤덮인 곳, 그 서늘한 한 구석에 피어 있는 물망초에 우연히 우리들의 눈길이 갔다고 하자. 그 물망초는 개울이나 초원마다 피어 있는 수백만의 물망초 중 한 떨기이며, 천지창조이래 오늘까지 계속해서 피어온 수많은 물망초 가운데 하나에 불과하다. 그러나 그 꽃잎 하나하나의 모습이라든가, 화관(花冠) 속에 들어있는 꽃술 하나하나라든가, 뿌리에 엉킨 잔뿌리 한 오리 한 오리의 수효는 한정되어 있어 그 수를 늘이거나 줄일 수 없다.

이 지상의 어떤 힘으로도 도저히 어쩔 수 없다. 만약 우리들의 우둔한 눈을 한층 날카롭게 뜨고 초자연적인 힘으로 자연의 그 깊은 신비를 들여다본다든가 현미경이 우리들에게 꽃씨와 꽃봉오리와 그 외의 신비스러운 곳을 열어 보여준다든가 하면, 우리들은 새삼스럽게 그 섬세한 조직과 세포 속에서 영원히 반복되는 형태를 알아볼 수 있을 것이며, 그 섬세한 조직 속에 자연의 설계가 갖는 영원불변성에 주의를 돌리게 될 것이다. 우리가 거기서 더 깊게 파고들어 간다면 어디서나 그와 똑같은 형태의 세계가 눈에 비쳐와 거울로 이루어진 방안에 들어갔을 때처럼 시선은 무한한 경이 속에서 눈 둘 곳을 잃게 될 것이다. 그러한 무한성이 숨겨져 있는 곳이 단지 그 조그마한 꽃뿐일까!

한번 눈을 들어 창공을 쳐다보면 우리들은 위성이 유성의 주위를 돌고, 유성들은 다시 항성의 주위를 돌며, 항성은 또다시 새로운 항성 주위를 선회하는 그 영원한 질서를 보게 될 것이다. 그리고 우리들의 날카로운 눈에는 저 먼 성운(星雲)까지도 새로운 아름다운 세계로 보이게 될 것이다.

그 장엄한 천체의 세계가 위아래로 운행하여 계절이 바뀌고 물망초의 씨앗이 터지고 세포가 열리며 꽃잎이 돋아나고 꽃들이 피어 마침내는 융단을 깐 듯한 초원을 뒤덮는 일을 생각해 보라! 뿐만 아니라 푸른 꽃받침 속에서 움직이고 있는 딱정벌레들을 보라. 그 벌레가 눈을 뜨고 생명을 갖게 되고 살아나가고 생기있는 호흡을 하는 것은 꽃의 조직이나 생명 없는 천체의 기계적인 질서보다 수천 배나 더 신비스럽다는 사실을 알게 되리라. 그러면 우리들 역시 이러한 영원한 조직 속의 구성원임을 느낄 것이며, 자신과 함께 운행하고 함께 살며, 함께 시드는 그 무수한 피조물에 대한 생각으로 위안을 얻게 될 것이다.

그러면 그 크고 작은 모든 것, 즉 그 힘과 지혜, 그 존재가 갖는 신비와 그 신비의 존재 등 그 모든 것 앞에서 너의 영혼이 두려워 움츠리는 것이 아니라 오히려 너의 무력감과 무가치함을 느낀 나머지 그 앞에 무릎을 꿇었다가 다시 그것이 주는 사랑과 자비를 느끼고——네가 실제로 그렇게 느끼게 되면 너의 내부에도 꽃의 세포와 유성의 세계나 딱정벌레의 삶보다 훨씬 무한하며 영원한 무엇인가가 살고 있다는 사실을 느끼게 될 것이며, 네 속에 너를 둘러싸고 있는 영원이라는 광채가 마치 그늘 속에 숨겨져 있듯 도사리고 있음을 인식하게 될 것이다.

그리하여 네가 너의 내부에서도, 너의 위에서도, 너의 아래에서도, 너의 가상을 실존으로, 너의 공포를 안식으로, 너의 고독을 보편적인 것으로 만들어 주는 어떤 실재자가 존재한다는 사실을 느끼게 되면 너의 삶이 가지는 그 캄캄한 밤 속에서 네가 누구를 향하여 이렇게 부르짖는가를 알게 될 것이다.

'창조주이신 아버지시여, 당신의 뜻이 하늘에서 이루어진 것같이 땅에서도 이루어지게 하옵시고, 땅에서 이루어진 것같이 제 안에서도 이루어지게 하옵소서.'

그러면 너의 주위는 밝아지고 새벽녘의 어둠은 안개처럼 걷히고 새로운 온기가 추위에 떨고 있는 자연을 따뜻하게 해주리라. 너는 산들이 흔들리고 별들이 사라질 때도 결코 너를 놓치지 않는 하나의 손을 찾아낸 것이다. 네가 어디에 있든지 그와 함께 있으며 그 또한 너와 함께 있다. 그는 영원히 가까이에 있는 자이며, 세계는 그 꽃과 가시와 함께 모두가 그의 것이요, 인간도 그 기쁨과 슬픔과 함께 모두 그의 것이다.

'신의 뜻이 아니면 아무리 하찮은 일도 네게 일어나지 않으리라.'

나는 이런 생각을 하면서 걸었다. 마음이 밝아지는가 싶다가도 금방 어두워지기도 했다. 아무리 마음속 깊은 곳에서 평온과 안식을 발견했다고 하더라도 항상 성스러운 은둔자로 버티기는 몹시 어렵기 때문이다. 뿐만 아니라 우리들은 모처럼 그것을 찾아냈는가 하면 곧 잊어버리기 마련이며 거기에 이르는 길을 찾지 못하는 수가 있기 때문이다.

몇 주일이 흘러갔으나 그녀로부터는 편지 한 장 오지 않았다. 아마 그녀는 죽어서 영원한 안식 속에 잠들었을지도 모르겠다는 말이 항상 나의 혀끝에 감돌아 아무리 떨쳐버리려 해도 내게 부딪혀오곤 하는 또다른 노래가 되었다.

그것은 있을 수 있는 일이었다. 그 늙은 시의는 그녀가 가슴앓이로 수년 간 고통받고 있어, 매일 아침 그녀에게 찾아갈 때마다 이미 그녀가 이세상과 하직을 고했을지도 모른다는 각오를 하고 간다고 말했기 때문이다. 만약 내가 그녀와 작별 인사도 못하고 마지막 순간조차 내가 그녀를 얼마나 사랑했나 하는 것을 말하지 못한 채 이세상을 떠나보낸다면 그녀를 그렇게 내버려둔 나 자신을 용서할 수 있을까?

나는 저승까지 따라가, 그녀가 나를 사랑하며 나를 용서한다는 이야기를 듣지 않고는 살 수 없을 것이 아닌가? 인간은 어찌하여 삶이란 것을 장난으로 여긴단 말인가. 어찌하여 하루하루가 자신의 최후가 될 수도 있으며, 시간을 잃어버린다는 것은 영원을 잃어버리는 것과 같다는 생각을 하지 못하고 그들이 할 수 있는 최선과 향락할 수 있는 최고의 미를 하루하루 뒤로 미룬단 말인가. 그러자 마지막으로 만났을 때 시의가 했던 말이 생각났다. 내가 갑자기 여행을 결심하게 된 것은 오직 그에게 나의 강함을 보이려는 의도다. 그에게 나의 약점을 보인다는 것은 나로서는 무척 괴로웠기 때문이었다.

그때서야 모든 것을 깨닫게 되었다. 지체없이 그녀에게 돌아가 하늘이 우리에게 베풀어주는 그 모든 것을 참고 견디는 것이 나의 의무라는 것을. 그러나 돌아갈 계획을 세우자 의사의 말이 떠올랐다. 가능한 한 빨리 공녀님은 여기를 떠나 시골로 요양을 떠나야 한다던 그 말이.

그리고 그녀 자신도 여름은 대부분 그녀의 성에서 보낸다고 말한 적이 있었다. 아마도 그녀는 지금 나와 아주 가까운 곳에 있는지도 모를 일이다. 그곳까지는 하루면 충분하리라. 이런 생각이 들자 나는 출발을 서둘렀다. 그리하여 마침내 그날 저녁에는 이미 성문 앞에 서 있었다.

　조용하고 밝은 저녁이었다. 산봉우리들은 저녁놀을 받아 황금빛으로 반짝이고, 능선은 낙조로 물들었다. 계곡마다 회색 안개가 솟아올라 상층에 이르면 갑자기 밝아졌다가는 구름바다처럼 되어 하늘로 솟아오르고 있었다. 그 색깔의 온갖 변화는 다시 가볍게 파도치는 어두운 호수의 수면에 투영되어 그 언덕에 오르락내리락하는 것 같아 보였다. 나무의 가지 끝, 교회의 첨탑, 집집에서 피어나는 저녁 연기 등은 현실세계와 반영(反映)세계를 구별하는 뚜렷한 경계선을 그리고 있었다.

　나의 시선이 멈춘 곳은 예감상 거기서 그녀를 다시 만나게 되리라고 말해 주는 그 고성이었다. 그러나 창문에는 불빛 하나 보이지 않았으며, 황혼의 정적을 깨뜨리는 발자국 소리조차 들려오지 않았다. 혹시 나의 예감이 빗나간 것은 아닐까? 나는 천천히 정문을 지나 계단을 오른 다음 성의 앞뜰에 다다랐다. 거기서 나는 보초 한 사람이 왔다갔다하는 것을 보고 그에게 달려가 지금 성안에 누가 있느냐고 물어보았다.

　「공녀님과 하인들이 있소.」

하고 보초는 무뚝뚝하게 대답했다. 나는 급히 현관으로 다가가 초인종을 흔들었다. 그제서야 나는 나의 행동에 생각이 미쳤다. 그곳에는 나를 아는 사람이 아무도 없으며, 나 또한 내가 누구라는 것을 밝힐 수 없었다. 게다가 나는 일주일 동안이나 산속을 헤매고 다녔기 때문에 구걸하는 사람처럼 보였다. 뭐라고 말해야 할까? 그리고 누구에게 안내를 청해야 한단 말인가? 하지만 이것저것 생각할 여유가 없었다. 곧 문이 열리고 엄숙한 제복을 차려입은 수위가 나타나 이상스러운 눈으로 나를 쳐다보았기 때문이다.

나는 결코 공녀님 곁을 떠나지 않겠다던 시중드는 여인인 영국 여자가 지금도 성안에 있느냐고 물어보고는, 그렇다는 대답을 듣자 잉크와 펜을 달라고 해서 내가 지금 여기에 와 있다는 사실과 공녀님의 근황을 알고 싶노라고 썼다.

수위는 하인을 불러 그 편지를 안으로 가지고 가도록 했다. 나는 그 긴 복도를 걸어가는 발걸음 소리를 듣는 매순간마다 초조해서 견딜 수가 없었다. 벽에는 후작가의 조상들 초상화가 걸려 있었고, 무장을 한 기사들과 성장을 한 여인들의 초상화가 보였다. 그리고 그 가운데에는 가슴에 붉은 십자가를 늘어뜨리고 흰 옷을 입은 수녀의 모습도 보였다. 전에도 나는 그런 초상화들을 여러 번 구경한 적이 있었으나, 그들의 가슴속에 인간적인 마음이 깃들어 있으리라곤 생각해본 적이 없었다. 그러나 그때 갑자기 나는 그들의 모습에서 몇 권의 책을 읽는 것 같은 기분이 들었고, 그들 모두가 자기들 역시 옛날에는 이세상에 살았던 사람들이며, 한때는 괴로워했었다고 말하고 있는 것만 같았다.

지금 내 가슴속에 감춰져 있는 비밀이 이 철갑 액자 속의 가슴에도 감춰져 있었을 것이다. 그리고 그 흰 의상과 붉은 십자가는 지금 나의 마음속에서 들끓고 있는 투쟁이 그에게도 있었다는 사실을 알려주는 생생한 증거가 아닌가. 그러자 그들이 모두 나를 안됐다는 듯이 쳐다보다가 다시금 그 얼굴에 자만심이 떠오르며 내게 이렇게 말하고 싶어하는 것만 같았다. '너는 우리와 같은 종족이 아니야' 라고.

갑자기 들려온 가벼운 발걸음 소리가 나를 꿈에서 깨어나게 할 때까지 나는 순간순간 커지는 불안감을 안고 있었다. 그 영국 여자가 층계를 내려와 나를 어떤 방으로 들어오라고 했다. 나는 그녀가 모든 것을 다 알고 있는 것은 아닐까 하고 탐색하듯 그녀의 표정을 살펴보았으나 그 얼굴은 아주 평온스러워 보였다. 조금도 놀라는 표정이나 의심하는 기색 없이 무척 침착한 음성으로, 공녀님은 오늘 몸이 많이 좋아져 반 시간쯤 뒤에 나를 만나보겠다고 하신다고 말했다.

훌륭한 수영 선수는 먼 바다까지 헤엄쳐 나가서 팔에 힘이 빠질 때에야 비로소 돌아올 것을 생각한다. 그는 허겁지겁 급히 파도를 타지만, 감히 멀리 있는 해안을 쳐다볼 기운이 없고, 한 번 팔을 내뻗을 때마다 힘이 다하는 것 같으면서도 전혀 앞으로 나가지 않고 있다는 것을 느낀다. 드디어 그는 목표를 잃고 거의 의식도 잃고 경련을 일으킬 지경에 이른다. 그때 갑자기 그의 발이 굳건한 땅을 딛게 되고 팔은 해안에 있는 최초의 돌을 잡게 된다. 내가 그 영국 여자가 하는 말을 들었을 때의 기분이 바로 그러했다.

새로운 현실이 내게 다가왔고, 내가 맛보았던 고통은 하나의 꿈이 되었다. 인간의 생애에서 그런 순간은 별로 많지 않으며, 그런 환희를 맛보는 사람도 별로 많지 않다. 처음으로 아기를 팔에 안아보는 어머니, 전쟁으로부터 명예롭게 귀환한 외아들을 맞이하는 아버지, 국민들의 환호를 받는 시인, 사랑하는 애인의 따뜻한 손길을 받는 젊은이…….

이런 사람들은 그것을 안다. 꿈이 현실로 다가서는 그 기분을.

반 시간이 지나자 하인이 나타나 여러 개의 방을 지나 어떤 방으로 나를 안내했다. 마침내 그 문이 열리고, 나는 희미한 석양빛 속에서 창백한 모습을 보았다. 그 모습 위로는 호수와 산 풍경이 펼쳐지는 높은 창문 하나가 보였다.

「사람들이란 참으로 이상스럽게 만나는군요.」

그녀의 맑은 음성이 들려왔는데, 그것은 마치 뜨거운 여름날에 내리는 한 줄기 서늘한 빗줄기와 같았다.

「사람이란 기묘하게 만나기도 하지만 기묘하게 헤어지는 이별도 있는 법이지요.」

나는 이렇게 대답하면서 그녀의 손을 잡았다. 그리하여 나는 우리가 다시 만나 함께 있게 되었다는 사실을 실감했다.

「하지만 헤어진다는 것은 인간의 죄예요.」

그녀는 말을 계속했다. 마치 음악처럼 그녀의 말에 반주를 하는 듯한 그 음성은 어느덧 부드러운 음조를 띠어갔다.

「그렇습니다. 그런데 건강은 어떠신지요? 저와 이렇게 이야기를 나누어도 괜찮으신지요?」

그녀는 미소를 지으며 말했다.

「아시다시피 난 항상 아파요. 그건 당신도 잘 아실 거예요. 내가 몸이 좀 나아졌다고 말하는 건 오직 늙은 의사 선생님을 기쁘게 해드리기 위해서예요. 그분은 내가 태어나서 지금까지 살아온 것이 오로지 자기 의술 덕택이라고 믿고 계시거든요. 그곳 성을 떠나올 때도 나는 그분을 몹시 놀라게 했어요. 어느날 저녁, 별안간 내 심장이 멎었기 때문이지요. 나 자신도 다시는 심장이 뛰지 않을 것 같다고 느꼈을 정도였으니까요. 하지만 그 이야기는 다 지나간 것이니 이젠 그만두기로 해요. 한 가지 언짢은 일이 있긴 해요. 나는 언제나 편히 눈을 감고 이세상을 하직할 수 있으리라고 믿어왔지요. 그런데 이제는 나의 고통이 내가 세상을 하직하는 데 있어서도 나를 못살게 굴 것만 같이 느껴지는 거예요.」

그녀는 가슴에 손을 올려놓고 말을 계속했다.

「그런데 그동안 어디에 가 계셨어요? 왜 그렇게 오래도록 소식이 없었지요? 그 이야길 해주시지 않을래요? 의사 선생님은 당신이 그렇게 갑자기 떠난 이유를 너무 많이 늘어놓으셔서 결국 나는 그런 건 못 믿겠다고 말해버렸답니다. 그러자 그분은 믿을 수 없는 이유들을 대는 거예요. 어떤 이유였는지 맞혀보겠어요?」

「물론 믿을 수 없는 것들이었겠지요.」

나는 그녀가 더 말을 하지 못하도록 중간에 끼어들었다.

「아니면 의사의 말은 너무나도 지당했을 겁니다. 하지만 다 지나간

일입니다. 이제 와서 얘기할 필요가 있을까요?」

「그렇지 않아요. 그게 어떻게 지난 일인가요. 나는 당신도 그분도 믿을 수 없다고 그분께 말했어요. 나는 병들고 외롭고 불쌍한 사람이에요. 내가 이세상에서 누리는 생활이란 것은 단지 서서히 죽어가는 것에 불과합니다. 만약 하늘이, 의사 선생님이 말하는 바와 같이 나를 이해해 주고 사랑해 주는 사람을 나에게 보내셨다면, 그것이 어떻게 나의 평온을 깨뜨리는 것이 될 수 있겠어요? 의사 선생님이 그런 고백을 했을 때, 나는 내가 제일 좋아하는 워즈워스의 시를 읽고 있던 참이었어요. 그래서 나는 이렇게 말해 주었답니다.

'의사 선생님, 우리들은 그토록 많은 생각을 갖고 있지만 그것을 표현할 말은 너무 적군요. 그래서 우리는 그 한마디 한마디의 말에 여러 가지 생각을 부여하여 쓸 수밖에 없습니다. 만약 우리를 잘 모르는 사람이, 그 젊은 친구분이 저를 사랑하고 또 제가 그를 사랑한다는 이야기를 들으면, 그것은 로미오가 줄리엣을 사랑하고 줄리엣이 로미오를 사랑하는 것과 마찬가지라고 말할지는 모르겠습니다마는, 우리 사랑이 그런 사랑이라면 의사 선생님께서는 그래서는 안 된다고 말씀하시겠지요? 그렇게 말씀하신다면 그건 아주 당연한 말씀이라고 하겠습니다.

하지만 의사 선생님, 선생님께서는 저를 사랑하셨고 저 역시 의사 선생님을 사랑했어요. 그렇지요? 벌써 여러 해 전부터예요. 의사 선생님께 아직 고백한 적은 없었지만, 그렇다고 저는 절망하거나 불행하게 여긴 적은 없었어요.

　의사 선생님, 한 가지만 더 말씀드리겠어요. 선생님께서는 제게 불행한 사랑을 느끼고 계시는 것만 같아요. 그래서 나의 젊은 친구에게 질투를 느끼시는 거예요. 선생님께서는 매일 아침 저를 찾아오셔서 몸이 좀 좋아진 것을 잘 아시면서도 몸이 어떠냐고 물으시지 않았어요? 그리고 선생님은 정원에 핀 꽃들 중에서 제일 예쁜 것을 가져다 주시고, 제 사진을 달라고 하시지 않으셨던가요? 그리고 이런 말은 안 하는 게 좋겠지만, 지난 일요일 제 방에 들어오셨을 때 제가 잠이 든 줄 아셨지요? 그러나 잠을 잔 게 아니라 몸을 움직이지 않았을 뿐이에요. 그때 의사 선생님께서 한참이나 저의 침대 곁에 앉아 꼼짝도 않으시고 저를 내려다보셨지요. 저는 저의 얼굴을 쳐다보는 선생님의 시선을 얼굴에 햇빛을 느끼듯 느끼고 있었어요. 마침내는 선생님의 눈이 흐려지면서 커다란 눈물 방울이 떨어지는 것을 알았어요. 선생님은 두 손으로 얼굴을 가리고 흐느끼면서 마리아, 마리아 하고 부르셨어요. 선생님! 내 친구는 그러지 않았어요. 그런데도 선생님은 그를 떠나보내고 말았어요.'

　나는 늘 그렇듯 농담 반 진담 반으로 그런 이야기를 하면서도 그 노의사의 마음을 몹시 괴롭히고 있다는 것을 알았어요. 그분은 아무 말도 없이 어린애처럼 부끄러워하셨어요. 나는 방금 읽었던 워즈워스의 시집을 집어들며 말했지요.

　'여기 제가 진심으로 좋아하고, 물론 제 마음을 이해해 주기는 하지만 서로 한 번도 만나본 적이 없는 또 다른 노인이 한 분 있어요. 아마 이승에서는 결코 만나지 못할 거예요. 제가 의사 선생님께 그분의 시를 읽어드리겠어요. 그러면 의사 선생님께서도 사람들이 어떻게 사랑할 수 있는지, 또 사랑이란 사랑하는 남자가 애인의 머리맡에 조용한 축복을 남겨놓고 행복한 슬픔을 가슴에 지닌 채 그냥 자기가 갈 길을 가버리는 성스러운 축복 같은 것이라는 사실을 아시게 될 거예요.'

나는 그분께 이렇게 말하고 워즈워스의 시 「고지(高地)의 아가씨」를 읽어드렸어요. 램프를 이리로 좀 당겨놓고 그 시를 지금 다시 한 번 읽어 주세요. 그 시를 들을 때마다 기분이 상쾌해지거든요. 그 시 속에는 조용하고 무한한 저녁놀 같은 정신이 서려 있어요. 그것은 눈 덮인 산 같은 순진무구한 가슴에 사랑과 축복의 손을 올려놓고 있는 것 같아요.」

그녀의 말이 서서히 조용조용하게 내 영혼 속으로 파고드는 동안 나의 가슴도 다시 고요해져 갔다. 폭풍은 지나가고 그녀의 영상은 은빛 달그림자처럼 사랑의 가벼운 물결을 타고 헤엄쳤다.

사랑의 물결은 모든 인간의 마음속을 꿰뚫고 흐르는 바다이며, 사람들은 저마다 그것을 자기 것이라고 부르니, 실은 전인류의 혈관 속에서 고동치는 맥박에 불과한 것이다. 나는 창밖, 우리들의 시선이 닿는 자연처럼 차라리 입을 다물고 싶었다. 창밖은 점점 고요해지고 어둠 속에 묻히고 있었다. 나는 그녀가 내주는 책을 받아 그 시를 읽어내려 갔다.

「고지의 아가씨

그대, 사랑스런 고지의 아가씨여!
이세상에서 그대가 갖는 보물은 넘치는 아름다움,
그것은 그대의 재산!
일곱을 갑절한 새봄이 흘러 그대 머리에
풍요로운 선물 내렸구나.
여기 회색의 바위, 저기 자그마한 평지,
저만큼엔 면사포를 반쯤 걷어올린 나무들,
살랑이는 호숫가에서 흘러내리는 폭포수
그것들이 그대를 안식으로 감싸주누나.

아름다운 꿈이 엮어낸 마술인가,
은밀하게 생겨난 형상들인가.
그대, 아름다운 이여!
일상의 가상(假像) 속에서도
천사처럼 밝고 깨끗한 사람아,
그대, 조용한 시간의 덧없는 꿈의 영상이여,
나 그대에게 마음속 깊이 축복을 보내노라.

이세상 떠날 때까지 그대 곁에 신의 가호 있기를.
나 그대 모르고 그대의 친구 또한 그대 모르나
내 눈에 가득 눈물 흐르는구나.

그대와 멀리 헤어져 있을 때,
나 그대 위해 진실한 기도드리리라.
그대의 모습처럼 그토록 맑고 깨끗한 용모,
그 마음씨와 즐거운 만족감,
천진난만 속에서 꽃피어 성숙하는 모습이야
그 누구의 얼굴에서도 보지 못하였기에.

그대는 바람에 날리어 흩어진 씨앗처럼
사람들과 멀리 떨어져 사는 몸,
다른 아가씨처럼 수줍어하거나 당황하거나
놀라는 표정 지을 필요없구나.
그대의 반듯한 이마에는
산사람의 자유 깃들었고
기쁨으로 가득 찬 그 얼굴엔
선량한 마음씨로 자라난 미소 서려 있네.
그리고 그대 인사하는 모습에도, 그대 둘레에도,
완벽한 예의범절조차 흐르는구나.

드러나는 단 한 가지 속박은
마음속에 떠오른 갑작스럽고 격렬한 생각을
언어로써는 다 표현할 수 없다는 곤욕뿐.
아름답게 참아 온 속박이여, 매력 넘친 애씀이여,
그대 몸짓에서 배어나는 우아함이여, 생명이여!
나 여기 감동받지 않을 수 없도다.
바람을 좋아하는 새떼들이
헛되이 폭풍우와 싸우듯.

그토록 아름답고 순결한 그대에게
꽃다발을 바치고 싶지 않은 사람 어디 있으랴?
오, 아름다운 행복이여!
꽃향기 가득한 계곡에 그대와 함께 살아
그대처럼 행동하고 생각하여
나는 목동 되고 그대는 목녀 되고자.
하지만 내 가슴속 한 가지 소원 있어
엄숙한 현실로 이끌어가누나,
그대는 지금 내게 있어
대양에 파도치는 한 줄기 파도에 불과해
나 그 이상이 되고파서
그대와 그 무슨 인연이라도 맺고 싶구나.

단순한 이웃 같은 인연이면 어떨까.

그대의 목소리 듣고 그대를 볼 수만 있다면

내겐 얼마나 큰 기쁨 되랴!

그대의 오빠도 좋고 아버지면 어떠랴.

아니, 그 무엇이든 이세상에서 나 그대의 사람 되고자!

이 계곡으로 나를 이끌어주신 은총 가득한

신에게 감사할 따름이라.

그것은 내게는 가득 찬 즐거움,

나 이제 풍성한 대접받고

조용히 이곳을 떠나려 하노라.

여기서 추억의 소중함을 배우고

추억은 또한 영원을 꿰뚫어보는 눈을 가졌음을 알았으니

어찌 이별을 두렵게만 생각하랴?

이 땅이 그대에게 받아주려는

그분의 뜻이 아닐까.

하여 나 이제 아무런 원한 없이

가득 찬 마음으로 작별을 고하네.

그대 아름다운 고지의 아가씨여!

나 알고 있기에 이제 그대와 헤어지노라.

나 늙어서도

초록에 묻힌 저 조그만 오두막이나

호수나, 시내나, 물방울 튀기는 폭포나

모든 것을 관류하는 그대의 영혼,

지금 나의 눈에 보이듯

변함없이 아름다우리라는 것을 알고 있기에!

Das Hochlandmädchen

Du süβes Hochlandmädchen! Eine Flut

Von Schönheit ist dein ird' scher Schatz, dein Gut!

Auf dein Haupt legten zweimal sieben Lenze

Mit Freuden ihrer Gaben reichste Kränze;

Die grauen Felsen hier, das plätzchenda,

Die Bäume dort, ein Schleier halbgezogen,

Und jener Wasserfall, der murmelt nah

Beim stillen See, den trüben keine Wogen;

Die Kleine Bucht, und jener Weg dazu,

Der deinen Hort beschirmt mit seiner Ruh' —

Ihr scheint in Wahrheit mir als ob

Ein schöner Traum euch zaubrisch Wob,

Gestalten, die sich im Verborgnen regen,

Wenn Erdensorgen sich zum Schlafen legen.

Doch dich, o schönes Wesen! selbst im Schein

Des Alltagslebens himmlisch licht und rein,

Dich, flücht' ges Traumbild einer stillen Stunde,

Dich segne ich aus Menschenherzens Grunde!

Gott Schütze dich, bis du dich einst mußt trennen,

Dich kenn' ich nicht, noch jene, die dich kennen,

Und fühle Tränen doch im Auge brennen.

Ich werde beten warm und ernst fürdich,

Wenn ich dir ferne bin ; denn nie fand ich

Ein Antlitz noch, in dessen klaren Zügen,

Ich Herzensgüte fröhliches Genügen,

Natürlichkeit und Zucht so rein wie da

In vollster Unschuld blühn und reifen sah.

Wie ein verwehtes Saatkorn hergestreut,

Den Menschen ferne, brauchst du nicht geschickt

Es nachzuahmen wie ein Mädchen scheut

Und bald verlegen, bald erschrocken blickt;

Auf deiner klaren Stirne thront

Die Freiheit, die in Bergen wohnt:

Ein Angesicht, mit Freude übergossen;

Ein Lächeln, der Gutherzigkeit entsprossen!

Und so vollkomner Anstand, wie er neigt

In deinep Grüßen sich, spielt um dich her!

Da ist kein andrer Zwang, als der sich zeigt,

Wenn schnell und heftig ein Gedankenheer

Aufblitzt in dir, das deine Sprache dann,

Zu arm an Worten, nicht mehr fassen kann:

Ein süß ertragner Zwang! Reizvolles Streben,

Das Anmut den Gebärden leiht und Leben!

So bin ich oft nicht ungerührt gebliebea,

Wenn Vogel, die das Windestosen lieben,

Vergeblich kämpfend vor dem Sturme trieben.

Wo ist die Hand wohl, die nicht möchte weihn.

Den Blumenkranz dir, die so schön und rein?

O schönes GlücK! zu atmen eine Luft

Mit dir im Tal voll Heidekraut und Duft,

Zu tun wie du, zu haben deinen Sinn,

Ein Schäfer ich, du eine Schäferin!

Doch möcht' ein Wunsch in meiner Brust sich regen,

Der ernstrer Wirklichkeit mich führt entgegen:

Nur eine Welle auf dem wilden Meer

Bist du mir jetzt, und mich verlangt nach mehr:

Ich möchte Anspruch auf dich machen können,

Und wär's nur der, den Nachbarschaften gonnen.

Dich hören, sehn—welch Freude wäre mein!

Nur etwas auf der Welt möcht' ich die sein!

Num sei dem Himmel Dank, der voller Gnade

In dieses Tal gelenkt hat meine Pfade:

Viel Freude ward mir, und ich trage fort

Mir reichen Lohn aus diesem stillen Ort.

Hier lernt man der Erinnrung Wert verstehn

Und daß sie Augen hat, die ewig sehn!

Warum denn sollt' ich trennen mich so schwer?

Ich fühl's, der Ort ward ihr bestimmt, daßer

Mit neuem Glücke, dem gleich das vergangen,

Ihr ganzes Leben lang sie mög' umfangen.

So scheid' ich, Voll das Herz, doch ohne Klagen,

Du süßes Hochlandmäd chen! nun von dir;

Denn das weiß ich : ich seh' in alten Tagen

Noch ganz so schön, wie jetzt ich's tu,' vor mir

Die kleine Hütte, die das Grün umschlingt,

Den See, die Bucht, den Vasserfall, der springt,

Und dich, den Geist, der alles dies durchdringt!」

나는 읽기를 마쳤다. 그 시는 내가 조금 전만 해도 가끔 커다란 푸른 나뭇잎으로 떠먹던 한 모금의 신선한 샘물 같았다.

그때 나는 그녀의 부드러운 목소리를 들었다. 그 목소리는 흡사 꿈꾸듯 기도에 파묻힌 사람을 깨워주는 첫 오르간 소리와 같았다.

「나는 당신이, 그리고 내 늙은 의사 선생님이 그렇게 나를 사랑해 주기를 바랐어요. 그 시와 비슷한 방법으로 우리들은 서로를 사랑해야 될 거예요. 그런데 잘은 모르지만 이세상은 이런 사랑과 믿음을 제대로 이해하지 못하는 것 같아요. 그리고 우리들이 행복하게 살아갈 수도 있을 이세상을 슬픈 곳으로 만들고 있어요. 하지만 옛날에는 틀림없이 사정이 달랐을 거예요. 그렇지 않았더라면 호머가 어찌 그토록 아름답고 건전하고 부드러운 나우시카의 모습을 그려낼 수 있었겠어요? 나우시카는 첫눈에 오디세우스를 사랑하게 되어 그녀의 친구들에게 이렇게 말했지요. '저런 남자가 내 남편이 되어 곁에 있어 주셨으면 얼마나 좋을까' 하고요. 그러면서도 그녀는 그와 함께 사람들 앞에 나타나는 것이 부끄러워 이렇게 말했어요. '당신처럼 아

름답고 늠름한 외국 남자를 집으로 데리고 가면 사람들은 신랑을 데
려왔다고 말할 것이에요. 그러니 여기서부터는 혼자 오세요' 라고요.
그 태도가 얼마나 자연스럽고 단순한가요.

　하지만 그 남자가 고향에 있는 처자에게 돌아가고 싶어한다는 말
을 듣자 그녀는 한마디 불평도 없이 조용히 사라지고 말았어요. 생각
건대 그녀는 일생 동안 아름답고 훌륭한 그 남자의 영상을 마음속에
간직하고 조용하고 즐겁게 찬미하며 회상했을 거예요. 그런데 왜 요
즘 시인들은 그런 사랑을 모르는지 그 이유를 모르겠군요. 그런 멋진
고백과 그런 조용한 이별을!

　현대의 어떤 시인은 그 나우시카로부터 베르테르를 만들어 냈어
요. 사랑이란 우리들에게 있어서는 환락이나 결혼의 비극으로 이르
는 전주곡에 불과하기 때문이지요. 그런 것과는 다른 사랑이 없다는
말인가요? 순수한 사랑의 신선한 샘은 모르고 단지 취하게 하는 사랑
이란 이름의 묘약밖엔 모르는 모양이지요.」

　이런 말을 듣고 있노라니 그 영국 시인이 한탄하던 시구가 떠올랐
다.

　만약 이 믿음이 하늘에서 내려진 것이라면
　그리고 그것이 자연의 섭리라면
　사람이 사람을 어떻게 만들어 놓았든
　내 어찌 그것을 한탄할 수 있으리오?

From heaven if this belief be sent,

If such be nature's holy plan,

Have I not reason to lament

What man made of man?

「시인들이란 얼마나 행복한 사람들인가요! 시인들의 언어는 수없이 많은 말없는 영혼들이 갖고 있는 가장 깊은 감정을 형상화해주며, 그 노래들은 얼마나 자주 가장 달콤한 비밀의 고백으로 이끌었던가요! 시인의 심장은 부자나 가난한 자나 가리지 않고 똑같이 그들 가슴속에서 맥박치고 있고, 행복한 자는 시인과 함께 노래 부르고, 슬픈 자는 시인과 함께 눈물 흘립니다. 그래서 워즈워스만큼 내 마음에 드는 시인은 없어요. 하지만 내 친구들은 그 시인을 별로 좋아하지 않아요. 심지어 그들은 워즈워스는 시인이 아니라고까지 말합니다. 그러나 내가 그를 좋아하는 점은 그 시인은 관습적인 시어와 과장이나 시적 감흥이라고 불리는 그 모든 것을 피하려 한다는 점이지요. 그는 진실한 사람이에요. 한마디 말 속에 그를 설명하는 모든 것이 들어있는 것이 아닐까요!

그는 우리들이 아름다움에 대해 눈뜨게 해주었습니다. 우리들의 발치에 아무렇게나 피어 있는 들판의 들국화가 지닌 그런 아름다움에 대해 눈뜨게 해주었습니다. 그는 모든 것을 참된 이름으로 부르려 했어요. 누구를 놀라게 하지도, 속이려 하지도, 또 현혹시키려 하지도 않았어요. 그리고 사람들로부터 찬탄을 들으려고도 하지 않았고요. 그는 단지 인간의 손에 꺾어지거나 구부러지지 않은 그 모든 것이 얼마나 아름다운가 하는 것을 우리들에게 보여주려고 했을 뿐이에요. 풀잎에 맺힌 한 방울의 이슬이 금반지에 박힌 보석보다 더 아름답지 않아요? 어디에서 흘러나오는 건지 그 근원을 알 수 없는 샘물이 베르사유에 만들어진 인공 분수보다 훨씬 신비롭지 않을까요?

이 시인의 「고지의 아가씨」는 미의 진실한 표현에 있어서 괴테의 「헬레나」나 바이런의 「하이디」보다 더 사랑스럽고 참된 미를 표현하지 않았나 생각돼요. 게다가 이 시인이 사용한 언어의 평이함과 그 사상의 순수함을 생각해 보세요. 우리 독일인들이 그런 시인을 가지지 못했다는 것은 얼마나 애석한 일인가요!

실러가 만약 그리스 사람들이나 로마 사람들에게 의지하기보다 자기 자신에게 매달렸더라면 워즈워스 같은 시인이 되었을지도 모르죠. 그리고 우리들의 리케르트(독일의 시인이며 번역 문학가. 특히 형식을 존중한 시인으로, 동방의 많은 고전 작품들을 번역했음)가 조국을 버리고 동방의 장미 아래서 고향과 위안을 구하려고 하지 않았더라면 훨씬 워즈워스에 가까운 시인이 되었을 거예요. 자기 자신이 본질과 완전하게 똑같이 되려는 용기를 지닌 시인은 별로 많지 않아요. 그런데 워즈워스는 그런 용기가 있었어요.

우리들은 위대한 사람들이 아직도 그렇게 위대하게 되기 이전, 조용히 사상을 기리고 인고의 순간이 있을지라도, 그리하여 무한에 이르는 새로운 시야가 트이는 순간에 있을지라도 그들의 말을 귀담아 듣듯 나는 워즈워스의 시를 좋아합니다. 아직 그 시가 이렇다 할 어떤 것을 지니지 못했다고 하더라도 말입니다.

대체로 위대한 시인들은 침착성을 잃지 않습니다. 호머의 작품을 읽어보면 그렇게 아름답지도 않은 시구가 수백 연(聯)이나 계속되기도 하는데, 그것은 단테의 경우도 마찬가지예요. 반면 핀다로스(고대 희랍의 서정 시인) 같은 시인은 비록 많은 사람들이 그를 칭찬하기는 하지만, 나는 그의 지나친 시적 열정에 실망을 느낍니다.

여름 한때라도 좋으니 워즈워스가 은거했던 레이크지방에서 보낼 수 있다면 얼마나 좋을까요. 그 시인이 시로 읊음으로써 도끼날로부터 벗어날 수 있었던 나무들에게 인사를 보내며 단 한 번이라도 그가 그려냈던——그런 경치는 타이너 같은 화가나 그려낼 수 있을 거예요——낙조(落照)를 본다면 얼마나 즐거울까요.」

그녀의 말투는 독특했다. 그녀는 보통 사람들처럼 말을 할 때 끝을 내리는 것이 아니라 묻는 것처럼 말끝을 올렸다. 그녀는 상대방을 절대로 내려다보며 말하지 않고 언제나 쳐다보며 말했는데, 마치 어린 아이가 「아빠, 그렇죠?」 하고 말할 때와 같은 태도였다. 때문에 그 어조는 무언가 간청하는 것 같아서 감히 반박할 수가 없었다.

내가 말을 받았다.

「워즈워스는 나도 좋아하는 시인입니다. 인간 그 자체로서 더욱 좋아하지요. 별로 힘들이지 않고 올라갈 수 있었던 조그마한 언덕을 고

생스럽게 오른 몽블랑보다 더 아름답고 완전하며 생생한 경치를 볼 수 있듯 워즈워스의 시도 그러합니다. 처음에는 그의 시가 너무나 평범하여 가끔 읽기를 그만두고, 왜 현대의 지적인 영국인들이 그를 그렇게 찬미하는지 의심스러웠습니다. 하지만 어떤 언어로 썼든 그 국민이나 국민의 정신적인 귀족층이 그를 그토록 찬미한다면 그 시인은 우리들에게도 감상할 만한 가치가 있는 시인일 거라는 확신을 갖게 되었습니다. 찬미한다는 것 역시 배워야 할 하나의 예술입니다.

　대부분의 독일인들이 장 라신은 마음에 들지 않는다든가, 영국 군인들이 도대체 괴테는 이해할 수가 없다고 말하든가, 프랑스 사람들이 셰익스피어는 농사꾼에 불과하다고 말하는 게 대체 무얼 의미하는가? 그것은 어린아이가, 나는 베토벤의 교향곡보다 왈츠곡을 더 좋아한다고 말하는 것과 마찬가지입니다. 어느 나라 국민이든 그 나라의 위대한 사람들에 대하여 찬미하는 것이 무엇인가를 알아내고 그것을 이해한다는 것은 예술입니다. 그리고 아름다움을 찾는 사람은 결국 그것을 이해하게 됩니다. 그렇기에 페르시아 사람들은 그들의 하피즈에, 인도인들은 그들의 칼리다사에 어느 정도 만족을 얻고 있음을 보게 됩니다. 위대한 사람을 단번에 이해하기는 어렵습니다. 그러기 위해서는 용기와 인내가 필요합니다. 첫눈에 마음에 든 것은 이상스럽게도 오래 지속적으로 우리를 사로잡기는 어렵습니다.」

　「하지만.」

　그녀가 나의 말을 중단시켰다.

「모든 위대한 시인, 참된 예술가, 이 지상의 모든 영웅들, 설사 그들이 페르시아인이든 인도인이든 이교도들이든 기독교도들이든 로마인이든 혹은 게르만인이든 간에 그들에게는 공통점이 있어요. 그걸 뭐라고 표현해야 좋을지는 모르겠지만, 그들에게 깃들어 있는 것은 무언가 무한한 것, 멀고 영원한 것을 꿰뚫어보는 시선, 하찮은 것이나 덧없는 것을 신격화할 수 있는 힘 같은 것이에요. 위대한 이교도인 괴테는 '하늘로부터 내려진 그 달콤한 평화'를 알고 있었어요. 그래서 그는 이렇게 읊었지요.

봉우리마다
안식 깃들었고
나뭇가지마다
미풍조차 숨죽었다.
새들은 숲속에서 침묵하고.
잠시 기다리라,
그대 역시 안식하리니.

über allen Gipfeln
Ist Ruh';
In allen wipfeln
SPürest du

Kaum einen Hauch;

Die Vögelein schweigen im Walde

Warte nur, balde

Ruhest du auch!

 괴테가 이렇게 노래할 때 높은 전나무 위로 펼쳐진 무한과 이 지상에서는 존재할 수 없는 안식이 열리지 않았던가요? 워즈워스의 경우에도 언제나 그런 배경이 마련되어져 있었어요. 그에게 조소를 보내는 사람들은 뭐라고 할지 모르지만, 항상 인간의 마음을 끌어당기는 것은 그것이 설사 겉으로 드러나지는 않을지라도 세속적인 것을 초월한 그 무엇이에요. 미켈란젤로 이상으로 세속적인 아름다움을 더 잘 이해한 사람이 있겠어요? 하지만 그에게는 세속적인 것이 초지상적인 것의 반영에 불과했으므로 그것을 이해했던 거예요. 그가 쓴 소네트를 아시지요?

 소네트

아름다움은 나를 몰아 하늘로 향하누나
(이세상에서 내 마음에 드는 것은 오직 아름다움뿐).
그리하여 나 산 채로 영혼의 전당으로 들어가게 된다.
죽어야만 되는 인간에게 그런 축복은 드물리라!

작품 속에 창조주 계시니
나 그를 통하여 영감 얻고 그에게 가까이 다가가니
나 거기서 얻는 것이란
아름다움에 취한 마음 움직여주는
온갖 사념뿐.

아름다운 눈에
나의 시선 박은 채 거두지 못함은
그 눈 속에 빛이 있어
신의 화원에 이르는 길을
보여준다는 것은 알기 때문.

그리하여 그 광채 속에서
내 가슴 불타오르고
하늘을 지배하는 기쁨이
나의 고귀한 불꽃 속에 부드럽게 빛난다.

sonett

Die Schonnheit treibt dem Himmel mich entgegen

(Nichts andres hat die Welt, das mir gefalle).

So tret' ich lebend in die Geisterhalle,—

Den Sterblichen wird selten solcher Segen!

Im Werke isst der Schoptert, zu gelegen,

Daβich, durch es begeistert, zu ihm walle,

Wo ich nur forme die Gedanken alle,

Die mir das schoheittrubkne herz beergen.

So weiβ, daβ, kann ich den Blick nicht trennen

Von schonen Augen, Jenes Licht drin wohnt

Das zegt den Weg zum gottlichen Gefilde;

Und fühl's in ihrem Glanz ich mich entbrennen,

So strahlt in meinem delen Feuer milde

Die Freude wider, die im Himmel thronet.」

그녀는 지쳐서 입을 다물었다. 내가 어떻게 그녀의 침묵을 깨뜨릴 수 있겠는가? 인간이 흉금을 털어놓고 서로의 생각을 이야기한 후 만족한 상태로 침묵을 지킬 때 천사의 방안으로 날아든 날개 소리를 듣는 듯한 기분이었다.

내가 그녀를 쳐다보고 있을 때 그녀의 사랑스런 모습은 여름의 저녁 노을 속에서 천사의 모습으로 빛나는 듯해 내가 잡고 있는 그녀의 손만이 현실적인 존재인 것 같았다.

그때 한 줄기 밝은 빛이 그녀의 얼굴에 비쳤다. 그녀도 그것을 느끼고 눈을 떠 놀라운 듯 나를 바라보았다. 면사포처럼 드리워진 반쯤 감겨진 눈썹 사이로 번갯불 같은 광채를 발했다. 나는 사방을 휘둘러보고 화려한 의상을 걸친 달빛이 두 언덕 사이로 성을 향해 솟아올라, 그 달빛이 다정한 미소로 마을과 호수를 밝혀주는 것을 알았다.

나는 자연과 그녀의 얼굴을 이처럼 아름답게 본 적이 없었고, 나의 영혼에 그처럼 성스러운 안식이 내려앉은 적이 없었다.

「마리아! 이런 정화된 순간에 이대로 내가 사랑을 고백하도록 해주십시오. 우리가 초세속적인 것을 가깝게 한껏 느끼고 있는 이 순간에 우리들이 다시는 헤어지지 않도록 영혼의 결합을 이루게 해주십시오. 사랑이 뭔지 잘은 모르나, 마리아, 당신을 사랑합니다. 마리아, 나는 그것을 느낍니다. 당신은 나의 것입니다. 왜냐하면 나 또한 당신의 것이기 때문에…….」

나는 그녀 앞에 무릎을 꿇은 채 감히 그녀를 쳐다볼 엄두도 내지 못했다. 나는 그녀의 손에 입술을 갖다 댔다. 처음에는 주저하는 듯하더니 결국에는 결연히 손을 거두어들이고 말았다. 내가 고개를 들어 쳐다보았을 때, 그녀의 얼굴에는 고통스러운 흔적이 서려 있었다. 그녀는 여전히 입을 다물고 있었는데, 마침내 한숨을 쉬면서 몸을 일으키며 말했다.

「오늘은 됐어요. 당신은 내 마음을 아프게 하는군요. 어떤 낯선 이의 손이 내 몸에 스치듯 으스스한 느낌이 들어요. 내 곁에 남아 있어 주세요. 아니에요, 안 돼요. 당신은 돌아가야 하니까요. 안녕히 가세요. 안녕히. 하느님의 평화가 언제까지나 우리와 함께 있도록 기도해 주세요. 우리는 다시 만날 거예요. 내일 저녁에 다시 봐요. 기다리겠어요.」

아, 그 신비로운 안식이 갑자기 어디로 사라졌다는 말인가? 나는 그녀가 괴로워하는 것을 보았다. 내가 할 수 있는 것이란 될 수 있는 대로 빨리 그 자리를 떠나 그 영국 여자를 불러 온 다음 어둠을 뚫고 쓸쓸히 마을로 돌아가는 일뿐이었다.

나는 오래도록 호숫가를 서성거리며 방금까지 내가 있었던 불 켜진 창문을 쳐다보았다. 마침내 성에서는 마지막 불도 꺼지고 달은 점점 높이 떠올랐다. 뾰족탑 하나하나가 마술과도 같은 달빛 속에서 윤곽을 드러냈다.

나는 적막 속에 우두커니 홀로 서 있었다. 뇌의 활동이 정지된 것만 같았다. 무엇을 생각해도 결론에 도달할 수 없었다. 이 지상에 나 홀로 있어 나를 생각해 주는 사람은 하나도 없다고 느껴졌다. 대지는 관과 같았고, 검은 하늘은 시체를 감싸는 마포 같았으며, 아직도 내가 목숨이 붙어 있는 것인지, 아니면 죽은 지가 이미 오래된 건지 분간할 수가 없었다.

그때 별안간 반짝이며 조용히 그들의 궤도를 돌고 있는 별들을 바라보았다. 그 별들은 오직 인간을 비추어 주고 인간을 위로해 주기 위해서만 존재하는 것 같았다. 그때 나는 바라지도 않았는데 어두운 하늘로 올라가게 된 두 별에 대해 생각했다. 그 순간 내 마음속 깊은 곳으로부터 감사의 기도가 흘러나왔다. 내 천사의 사랑을 위한 감사의 기도가.

마지막 회상

　내가 잠에서 깨어났을 때 이미 태양은 산등성이에 올라 창문을 통해 내 방안을 기웃거리고 있었다. 이 태양이 과연 어제 저녁 친구와의 이별을 아쉬워하는 친구처럼, 그녀와 나와의 영혼의 결합을 축복해 주려는 듯 고요한 시선으로 우리를 바라보다가 사라져간 그 태양이란 말인가. 또 스러지는 희망과도 같이 저 산 너머로 가라앉은 그 태양이란 말인가? 이제 태양은 우리 축제에 행운을 빌기 위해 반짝이는 눈으로 우리 방으로 뛰어 들어오는 어린아이처럼 나를 비추어 주고 있다.

　그리고 몇 년 전만 해도 영혼과 육신이 갈가리 찢긴 채 침대에 쓰러져 누웠던 그 사람이 바로 나란 말인가? 나는 전에 느끼던 생의 의욕을 이제 다시 느끼고 아침의 신선한 공기처럼 영혼을 상쾌하게 해

주며 생기를 불어 넣어주는 신과 자신에 대해 신뢰감을 느끼고 있었다.

만약 수면이란 것이 없다고 한다면 인간은 어떻게 되었을까? 우리는 밤의 사자가 우리들을 어디로 데려가는지 알지 못한다. 그리고 그 사자가 밤에 우리들의 눈을 감길 때, 아침이 되면 그 눈을 다시 열어주어 우리 자신에게로 되돌려줄 것인가를 누가 보장할 수 있단 말인가? 최초의 인간이 이 믿을 수 없는 친구의 팔에 처음으로 몸을 맡길 때는 용기와 믿음이 필요했으리라. 만약에 인간의 속성 속에 우리들이 당연히 믿어야 할 것들에 대해 믿음과 헌신을 강요하는 무엇인가가 없다고 한다면 인간이 아무리 피로하다 하더라도 자유의사로 그 미지의 꿈나라로 들어가지는 않을 것 같다.

약하다거나 고단하다는 감정, 그것이 우리들로 하여금 보다 높은 힘에 대한 신뢰감과 우주의 질서에 대해 자발적으로 헌신하도록 하는 용기를 준다. 우리들은 깨어 있을 때나 잠을 잘 때나 비록 짧은 시간일지라도 세속적인 자아에 영원한 자아를 묶어 놓는 사슬이 풀렸을 때 힘과 원기를 느낀다.

어제 흐르던 저녁 안개처럼 머릿속을 몽롱하게 지나가던 것이 갑자기 명료해졌다. 우리는 서로에게 속해 있다고 느꼈다. 오누이처럼이든 부녀간처럼이든 신랑신부처럼이든 우리는 현재나 미래나 영원히 함께 있어야만 하는 관계였다. 우리는 더듬거리는 말로 사랑이라 부르는 그것에 대한 진정하고 합당한 이름을 찾아내는 것이 중요할 뿐이다.

그대의 오빠가 되든,
그대의 아버지가 되든,
그 무엇이라도 되어 주리라.

'그 무엇이든'에 대한 올바른 이름을 찾아내야만 했다. 세상은 이름없는 것은 인정해 주지 않기 때문이다. 그녀는 나에게 직접 말하지 않았던가. 모든 사랑의 원천인 순수하고 깨끗한 전인적인 사랑으로 나를 사랑한다고. 그런데 내가 그녀에게 나의 온 사랑을 고백했을 때, 그녀의 놀라고 괴로워하던 표정을 이해할 수 없다. 하지만 그런 것들이 우리들의 사랑에 대한 나의 믿음을 흔들어 놓을 수는 없다.

왜 우리들은 자신의 마음속을 이해할 수 없으면서도 마음속에서 일어나는 모든 것을 해명하려고 애를 써야 한단 말인가? 결국 자연에 있어서나 인간에게 있어서나 우리의 마음속에 있어서나 어떤 설명할 수 없는 것에 대해 우리의 마음이 가장 잘 끌리는 것이 아닌가.

우리들이 이해할 수 있는 인간들, 해부된 모형처럼 그 내부가 우리들의 눈에 환히 들여다보이는 인간들은 소설에 나오는 인물들의 성격처럼 우리 마음을 냉담하게 만든다. 그리고 모든 것을 설명하려들고 마음속의 온갖 신비를 다 부정하려드는 윤리적 합리주의 이상으로 일상 생활에 있어서나 인간에 있어서 우리가 느끼는 기쁨을 망가

뜨리는 것은 없다. 누구에게나 해명할 수 없는 그 무엇이 있는데, 우리들은 그것을 운명이거나 영감 혹은 성격이라고 부른다. 그러나 어떠한 경우에도 엄연히 찾아드는 원칙을 고려하지 않고 인간의 행동을 분석할 수 있다고 믿고 있는 사람은 자신에 대해서도 다른 사람에 대해서도 알지 못하는 사람이다. 나는 전날 저녁에 그렇게 절망했던 모든 것에 대해서도 위안을 찾아냈으며, 그리하여 한 점의 구름조차도 내 미래의 하늘을 흐리게 할 수는 없었다.

나는 그런 기분으로 비좁은 집에서 나와 탁 트인 들판으로 나갔다. 그때 심부름꾼 하나가 내게 편지 한 통을 전달했다. 아름다운 필적으로 보아 마리아 공녀로부터 온 것이었다. 나는 숨도 쉬지 않고 편지를 뜯으면서 인간이 바랄 수 있는 가장 멋진 내용을 기대했다. 그러나 모든 기대는 단번에 무너지고 말았다. 다정한 말 한마디나 근황을 알리는 내용 한줄 없지 않은가!

단지 마지막에 추신이 붙어 있을 뿐이었다.

"내일은 의사 선생님이 오시게 되었지요. 그러니 모레에나."

그 순간 별안간 내 삶의 책장으로부터 이틀이라는 날이 완전히 찢겨 없어지고 말았다. 차라리 그 이틀이라는 것이 그저 없어져버린 것이라면 좋겠으나 그것은 감옥의 함석 지붕처럼 내 위에 걸려 있는 것이었다. 나는 그 이틀을 되살려야 한다.

나는 그것을 어떤 왕에게나 거지에게 보시로서 주어버릴 수도 있지 않을까! 왕은 이틀 동안을 더 옥좌에 앉을 수 있을 것이며 거지는 이틀 동안을 더 예배당 앞 돌층계에 편히 앉아 있을 수 있으리라.

나는 잠시 생각에 잠겼다. 절망이라는 것보다 더 큰 불신은 없다고 생각했으며, 아무리 보잘것없는 것이건 위대한 것이건 간에 모두 위대한 신이 관여하는 계획의 일부여서 그것이 아무리 어렵더라도 순응해야 된다고 생각했다. 말을 타고 가는 사람이 눈앞에 펼쳐진 낭떠러지를 보고 고삐를 잡아당기듯 나도 얼른 고삐를 뒤로 잡아당겼다.

'그렇게 될 수밖에 없다면 할 수 없는 노릇이지!

나는 마음속으로 외쳤다.

'그리고 신이 창조한 이세상을 비탄하거나 불평해서는 안 된다.'

그녀가 손수 쓴 몇 줄의 편지라도 받아 볼 수 있다는 게 행복이 아니고 무엇인가? 그리고 짧은 시일 안에 그녀를 다시 만나볼 수 있다는 것은 내가 지금까지 누렸던 그 이상의 행운이 아니고 무엇이겠는가?

'항상 머리를 물 위로 내놓아라!

인생을 재빠르게 헤엄쳐 가는 사람들은 그렇게 말하지만, 그렇게 되지 않을 바에야 차라리 단번에 물속 깊이 빠져버리는 것이 훨씬 낫지 않겠는가? 눈과 목 안으로 물이 흘러 들어가는 것보다야 한 번에 깊이 쑥 빠져버리는 것이 낫다. 일상 생활에서 자그마한 불행을 당하거나 고통을 느낄 때 항상 신의 섭리라고 받아들이기 어렵게 느껴진다면 인생이라는 것을 의무라고까지는 생각하지 않을지라도 하나의 예술이라고 보는 것이 옳지 않을까?

이렇게 생각해 보면, 작은 손실이나 고통을 당하고도 떼를 쓰고 울부짖는 어린아이처럼 보기 싫은 것은 이세상에 없을 것이다. 그리고 눈에 눈물이 가득하면서도 벌써 그 눈이 기쁨과 순진함으로 반짝이는 어린아이 이상으로 더 아름다운 존재는 없을 것이다. 그것은 마치 봄비에 몸을 떨고 있다가도 햇빛을 받아 그 뺨에서 눈물 자국이 지워지기만 하면 벌써 향기를 내뿜는 꽃과 같기 때문이다. 잠시 후 나는 달콤한 생각에 잠겼다. 운명을 극복하고 그 이틀이라는 시간을 그녀와 함께했던 지난날의 즐거운 때와 앞으로 더 즐겁게 지낼 미래를 상상하며 지낼 수 있다는 생각이었다. 오래 전부터 그녀가 내게 말했던 그 사랑스러운 말들과 생각을 기록해 두고 싶었다. 그래서 나는 그녀 곁에서 그녀의 손을 잡고 그녀를 직접 느끼는 이상으로 그녀의 사랑과 정신을 더 가까이에서 느낄 수 있었다.

그 기록은 지금에 와서 내게 얼마나 값진 것인가? 나는 그것을 꺼내 얼마나 자주 되풀이해서 읽었던가? 그녀가 했던 말은 한마디도 잊지 않고 외우려는 듯이. 그 기록들은 내 행복의 증언이며, 천마디의 말보다 침묵으로 쳐다보는 친구의 시선처럼 그 기록 속의 말들은 나를 그윽이 바라보는 것이었다.

지나가버린 과거에 대한 추억, 지나가버린 고통에 대한 추억, 우리들을 에워싸고 속박하던 모든 것들이 사라져 버렸을 때, 이미 오래 전에 잠들어 있는 자식의 무덤 앞에 쓰러지는 어머니처럼 우리의 영혼이 지쳐 있을 때, 어떤 희망도 어떤 소망도 고요한 체념적인 정적을 깨뜨릴 수 없는 그런 과거들을 우리들은 '우수(憂愁)'라고 부르리라. 하지만 행복은 그런 우수 속에 깃들어 있으며, 뼈저린 사랑과 고통을 당해보지 못한 사람은 그것을 모른다.

어느 어머니에게든 물어보라! 자신이 결혼했을 때 썼던 면사포를 이제 딸의 머리에 씌워주면서 자기 곁을 떠난 남편을 생각할 때 느낌이 어떠하냐고. 그리고 어느 남자에게든 물어보라! 그가 사랑하는 여자, 세상을 떠나게 된 그 여자가 임종의 자리에서 옛날 그가 청년 시절에 그녀에게 보낸, 이제는 시들어버린 장미꽃을 그에게 되돌려주어 그것을 받았을 때의 기분이 어떠하냐고.

그들은 아마 둘 다 눈물을 흘리리라. 하지만 그 눈물은 고통의 눈물도 환희의 눈물도 아니요, 희생의 눈물이다. 이 희생의 눈물을 가지고 인간은 자기 몸을 신에게 바치고, 신의 사랑과 예지를 믿고 자기가 가졌던 가장 사랑하는 것이 사라져 가는 것을 조용히 바라볼 수밖에 없는 것이다. 하지만 이제는 추억 속으로, 지나간 그 생생한 현실 속으로 들어가 보자! 그 이틀은 참으로 빨리 화살처럼 지나가 버리고 재회의 기쁨이 가까워오자 나의 몸은 떨려 왔다.

첫날은 시내에서 온 합승마차와 기병들이 도착하여 성은 많은 손님들로 활기를 띠었다. 지붕에는 깃발이 나부끼고 성의 뜰에서는 음악이 흘러나왔다. 저녁이 되자 호수 위 유람선에서는 손님들의 노랫소리가 들려왔다. 나는 그 소리에 귀를 기울였다. 그녀도 창가에서 그 노래를 듣고 있겠지 하고 생각했기 때문이다.

다음날에도 모두가 몹시 바쁜 것 같았고, 오후가 되자 손님들은 출발 준비를 갖추어 떠났으며, 저녁 늦게 의사 선생님을 태운 마차가 홀로 되돌아가는 모습이 보였다.

그녀가 혼자 있으리라는 것, 나를 생각하고 있으리라는 것을 알고 있었기 때문에 나는 더 이상 견딜 수 없었다. 적어도 그녀의 손을 잡아보지 않고 어찌 하룻밤을 보낼 수 있단 말인가. 이제는 이틀 간의 작별의 기간은 끝났으며, 다음날 아침에는 새로운 행복이 우리들을 깨워주리라고 그녀에게 말하지 않고 어찌 하룻밤을 그대로 보낼 수 있겠는가?

그녀의 창에는 아직 불이 밝혀져 있었다. 왜 그녀는 혼자 있어야만 되는가? 왜 나는 잠시라도 그녀의 현존을 느껴서는 안 되는 것일까?

어느덧 나는 성에 이르러 초인종을 잡아당기려 했다. 그 순간 동작을 멈추고 조용히 중얼거렸다.

'안 돼! 이렇게 마음이 약해져서는 안 돼! 너는 야밤을 틈타 들어온 도적처럼 그녀 앞에 서게 될 거야. 내일 아침이면 전쟁에서 돌아온 개선 장군처럼 당당하게 그녀 앞에 서게 될 텐데. 그녀는 지금 다음날 그 영웅의 머리에 씌워줄 화관을 짜고 있을 테니까……'

아침이 되었다. 나는 그녀 앞에 섰다. 정말로 그녀 앞에. 오, 육체 없는 정신이 있을 수 있다고 말하지 마라! 완전한 존재, 완전한 의식, 완전한 기쁨은 정신과 육체가 하나가 되었을 때 비로소 존재할 수 있는 것이다. 그것은 육체화된 정신이며 정신화된 육체이다. 육체 없는 정신은 없다. 있다고 한다면 그것은 유령일 뿐이다. 들판에 핀 꽃에 정신이라는 것이 없다고 할 수 있을까? 그 꽃은 자기에게 생명과 존재를 준 신의 뜻에 따라 사물을 보는 것이 아닐까? 그것이 바로 꽃의 정신이다. 다만 그 정신이 인간의 경우에는 언어로써 표현될 수 있으나 꽃의 경우는 침묵을 지킬 뿐이다. 진짜 삶은 어디에서나 육체적이면서도 정신적인 향연이요, 진짜 함께 있다는 것은 어느 경우에나 정신적 · 육체적으로 합일된 상태인 것이다.

내가 이틀 동안 행복하게 지냈던 추억의 세계는 내가 그녀 앞에 서자 그림자처럼 무(無)의 실체로 변해 사라져버리는 것이었다.

나의 손을 그녀의 이마와 눈과 뺨에 올려놓고 그녀가 정말로 존재하는가를 확인해 보고 싶었다. 밤낮으로 나의 눈앞에 어른거리는 영상이 아니라 참된 존재를, 나의 것이 아니면서도 나의 것이 되어야 하며 또 되기를 원하는 존재로서, 그리고 나 자신을 믿듯 내가 믿을 수 있는 존재로서, 나와 떨어져 있으면서도 나 자신의 자아 이상으로 나와 가까운 존재. 그 존재 없이는 나의 삶은 삶이 아니요, 그 존재 없이는 나의 죽음도 죽음이 아닌 그런 존재, 그것 없이는 내 보잘것없는 현존도 한낱 한숨처럼 허공으로 사라져버릴 존재, 나는 그런 존재를 확인하고 싶었던 것이다.

나의 이런 생각과 시선이 그녀의 온몸으로 흘러 들어가는 동안 나에 대한 축복이 가득 채워짐을 느꼈다. 전율이 나를 감싸 더이상 공포감을 느끼지 못했다. 이 사랑은 죽음으로 파괴될 수 없고 오히려 정화시키고 고귀하게 만들어 주며 영원으로 이어 줄 뿐이기 때문이다.

그녀와 함께 말없이 앉아 있다는 것은 한없이 즐거운 일이었다. 그녀의 얼굴에는 그녀의 영혼의 깊이가 투영되어 있었고, 나는 그녀를 쳐다보면서 그녀의 내부에 깃들어 숨을 쉬며 살아가는 그 모든 것을 듣고 보았다. 그녀는 '당신은 나를 슬프게 하는군요' 하고 말하고 싶어하면서도 입을 열지 않는 듯했다.

'우린 다시 만났군요. 진정하세요. 불평하지 마시고요. 묻지도 말고, 무뚝뚝하게 대하지도 말아주세요. 잘 오셨어요. 지난번 행동에 대해 화내지 말아 주세요.'

그녀의 시선은 이런 말들을 하고 있었으나, 우리는 감히 한마디 말로써 이 행복한 침묵을 깨뜨릴 수 없었다.

「의사 선생님에게서 편지를 받으셨나요?」

그것이 그녀의 첫마디였다. 그녀의 음성은 몹시 떨렸다.

「아니오.」

나는 대답했다. 그러자 그녀는 잠시 입을 다물고 있다가 말했다.

「차라리 편지를 받지 않은 것이 잘된 일인지도 모르겠어요. 직접 당신에게 말하는 것이 좋을 것 같으니까요. 이제 우리가 만나는 것도 오늘이 마지막이에요. 슬퍼하거나 화내지 말고 편안한 마음으로 헤어지도록 해요. 잘못은 모두 내게 있어요. 아무리 가벼운 입김이라도 꽃잎을 떨어뜨리게 한다는 사실을 생각하지 않고 나는 너무 당신의 생활에 관여하게 되었어요. 나는 세상을 너무 몰랐어요. 나처럼 병에 시달리는 가련한 사람은 당신에게 동정 이상의 것을 일으키리라고는 생각지 않았어요. 나는 언제나 당신에게 다정하고 솔직하게 대해 왔어요. 오래 전부터 아는 사이인데다 당신과 함께 있으면 왠지 좋았기 때문이지요. 진실을 말하자면, 난 당신을 사랑했으니까요. 그런데 왜 이렇게 말해서는 안 되는 것일까요? 그러나 세상은 그런 사랑을 이해해 주지 않더군요. 그러한 사실을 의사 선생님이 눈뜨게 해주었어요. 온 성안에 우리 소문이 돌고 있대요. 영주인 남동생이 아버지께 그 사실을 알렸고, 아버지는 앞으로 우리들이 절대 만나서는 안 된다고 명령을 내리셨어요. 당신에게 이런 괴로움을 안겨준 것이 후회스럽기만 해요. 용서해 준다고 말해 주세요. 그리고 친구로서 헤어지도록 해요.」

그녀의 눈에는 눈물이 가득 고여 있었다. 그녀는 눈물을 보이지 않으려고 눈을 감았다.

「마리아, 나에게는 단 하나의 생명이 있을 뿐입니다. 그것은 당신과 더불어 갖고 있는 생명입니다. 그러나 당신에게는 단 한 개의 뜻이 있을 뿐인데, 그것은 당신의 뜻인 것입니다. 진정으로 말합니다. 그러면서도 나는 당신에게 너무나 뒤떨어져 있다는 느낌입니다. 당신은 혈통이나 마음의 존귀함이나 순결함에 있어서 나보다 훨씬 위에 있는 분입니다. 그래서 감히 당신을 아내로 맞아들인다는 것은 생각도 못할 일이라는 걸 알고 있습니다. 하지만 이세상을 함께 살아가려면 그 길밖에는 없습니다. 마리아, 당신에게 강요하는 것은 절대 아닙니다. 희생을 요구하는 것도 물론 아니고요. 이세상에서 두 번 다시 만나지 않게 될 수도 있습니다. 하지만 당신이 나를 사랑하고 내가 당신 것임을 느끼신다면 제발 세상 사람들의 비판 따위는 잊도록 합시다. 나는 당신을 팔에 안고 계단을 내려가 살아서나 죽어서나 나는 당신의 것이라고 무릎을 꿇고 맹세하겠습니다.」

「하지만 우린 불가능한 것을 바라서는 안 돼요. 만약 우리가 이세상에서 결합하는 것이 신의 뜻이었다면 왜 그분은 저에게 이런 고통을 주어 일생 동안 어린아이보다 더 무력한 삶을 살아가도록 하셨겠어요? 우리가 이세상에서 운명이니 환경이니 사정이니 하고 말하는 것들은 따지고 보면 신을 거역하는 거예요. 그런 행동을 유치하다고는 할 수 없다 하더라도 뻔뻔스럽다고 불러 마땅하다고 봐요. 인간이 이세상에서 살아가는 것은 별이 하늘에 있는 것과 같은 이치예요. 신은 별들이 서로 만날 여정을 미리 제시해 주셨으므로 만약 별들이 꼭 헤어져야만 한다면 그들은 무조건 헤어져야 하는 거예요. 그 뜻에 거역한다는 것은 헛된 일이거나 세계의 질서를 파괴하는 것이에요. 설사 우리들이 그 점을 이해할 수 없다고 하더라도 믿을 수는 있을 거예요. 나 자신도 당신에 대한 나의 사랑이 왜 옳지 않은지 말할 수는 없어요. 또 그렇게 말하고 싶지도 않고요. 그러나 그런 사랑은 있을 수 없으며 있어서도 안 되는 거예요. 아셨겠지요? 아셨으면 이젠 됐어요. 우리들은 겸손과 믿음으로 하느님께 순종해야 하는 거예요.」

그녀는 침착하게 말하기는 했으나, 나는 그녀가 얼마나 괴로워하는지 알 수 있었다. 그걸 알면서도 인생과의 싸움을 그렇게 간단히 포기한다는 것은 부당하다고 여겨졌다. 나는 될 수 있는 대로 그녀의 괴로움을 더해 주는 감정적인 말을 안 하려고 애쓰면서 말했다.

「만약에 이것이 우리들이 이세상에서 만나는 마지막 기회라고 한다면 도대체 누구를 위해 우리가 이런 희생을 치러야 하는지 그 점을 분명히 해두도록 합시다. 우리들의 사랑이 지상의 어떤 고귀한 법칙에 어긋나는 것이라면 나도 당신처럼 겸손하게 순종하겠습니다. 보다 높은 뜻에 저항한다는 것은 신을 망각하는 짓이니까요. 인간은 때때로 신을 속일 수 있으며, 자기의 보잘것없는 지혜로써 신을 능가할 수 있다고 생각할 때가 있지만 그것은 망상에 불과합니다. 그런 거인과의 싸움을 시작하는 인간은 결국 부서져 멸망하게 마련입니다. 그러나 우리의 사랑에 저촉되는 것이 도대체 무엇이란 말입니까? 그것은 세상 사람들의 헛된 지껄임에 불과할 뿐입니다. 물론 나는 인간 사회의 규범을 존중합니다. 그 규범이 가장되고 그릇된 것일지라도 나는 그것을 존중합니다. 병든 육체에게 인공의 의약품이 필요하듯 비록 우리들이 조소하는 것일지라도 사회적인 제약이라든가 편견이라든가 사회적 비판 같은 것이 없다면 인류를 통합하여 지상에서의 공동 생활의 목표에 도달할 수 없을지도 모릅니다. 우리들은 신적인 것을 위해 이런 여러 가지를 희생해야 합니다. 옛 아테네 사람들이 매년 미로를 지배하는 괴물에게 청춘 남녀를 가득 실은 배를 바쳤듯 우리는 이 사회에 있는 신들에게 많은 희생을 바쳐야 합니다.

　가슴에 상처를 입지 않은 사람은 한 사람도 없으며, 순수한 감정의 소유자로서 사회라는 새장 속에서 조용히 살기 전에 이미 그 날개가 꺾이지 않은 사람은 없습니다. 그럴 수밖에 없는 필연인 것입니다. 당신은 이세상이란 것을 잘 모르시지만 내가 아는 몇몇 친구들의 경우만 보더라도 그런 비극은 수없이 이야기할 수 있습니다.

　한 친구는 한 여자를 사랑했는데 그 친구는 가난했고 그 여자는 부자였습니다. 그래서 양쪽 집의 어른들과 친척들은 서로 싸우고 비웃어 두 사람의 가슴은 부서지고 말았습니다. 왜 그렇게 되었겠어요? 그런 세상 사람들은 여자가 중국산 비단옷을 입지 못하고 미국산 무명옷을 입는 것을 불행으로 여겼기 때문입니다.

　또다른 한 친구는 한 여자를 알게 되어 두 남녀는 서로 열렬히 사랑했습니다. 그러나 그 친구는 신교도였고, 그 처녀는 가톨릭이어서 양가의 어머니와 목사와 신부들이 불화를 조성하여 끝내 두 사람의 사랑은 깨지고 말았습니다. 왜일까요? 삼백 년 전에 칼 5세와 프란츠 1세와 하인리히 8세가 했던 정치적인 장기놀이 때문이었습니다.

　어떤 처녀와 열렬히 사랑을 주고 받은 또 한 친구가 있었습니다. 그런데 남자는 귀족이었고 여자는 평민이었습니다. 양가의 자매들이 시기하고 질투하여 결국 두 사람의 사랑은 깨지고 말았습니다. 왜 그랬을까요? 백여 년 전 한 병사가 전쟁터에서 왕의 목숨을 노리던 다른 병사를 죽였기 때문입니다. 그 일이 그에게 작위와 영예를 주었는데, 그 병사의 증손인 그 사랑했던 남자가 그의 삶을 바침으로써 그 때 흘려졌던 피에 대하여 보상을 한 것입니다.

통계 전문가들의 의견에 따르면 매초마다 한 사람씩의 가슴이 찢 겨지고 있다고 하는데 나도 그 말을 믿고 있습니다. 왜 그럴까요? 이 세상은 남녀 관계 이외의 사랑은 인정하지 않기 때문입니다. 만약에 두 명의 처녀가 한 남자를 사랑한다고 한다면 그 중의 한 처녀는 희 생을 치를 수밖에 없습니다. 왜 사람들은 결혼이라는 것을 염두에 두 지 않고는 누구를 사랑해서는 안 된다고 생각할까요? 도대체 처녀를 자기의 아내로 맞으려는 생각이 없다면 바라볼 수조차 없다는 말인 가요?

눈을 감으시는군요. 내가 너무 지나친 말을 했나 보군요. 항간의 소문은 이세상에 존재하는 가장 신성한 것을 저급한 것으로 만들어 버렸습니다.

마리아, 이제 이런 말은 그만하겠습니다. 우리들이 이세상에서 살 면서 세상 사람들과 함께 이야기하고 행동해야 할 때는 가장 고귀한 것을 깊이 간직하여야 하지 않겠습니까. 세상도 고결한 인간이 자신 의 권리를 인식하고 시류에 대항하여 용감하게 싸워나갈 때, 그것을 존중하게 마련입니다. 고려라든가 제약이라든가 세상의 편견 같은 것은 담쟁이 덩굴과 같아서 많은 줄기와 뿌리로 튼튼한 담을 장식하 는 것은 아름답기는 하지만 지나치게 무성하도록 내버려두면 안 되 는 법입니다. 내버려두게 되면 그것은 건물의 틈을 파고들어 건물을

파괴하고 마니까요. 마리아, 내 것이 되어 주십시오. 당신 가슴의 진
실한 소리에 따르도록 하십시오. 지금 당신의 입술에서 흘러나오는
말이 당신과 나의 삶, 그리고 당신과 나의 행복을 영원히 결정할 것
입니다.」

　나는 입을 다물었다. 내 손 안에 들어 있는 그녀의 손이 가슴의 따
스함을 가지고 응답하고 있었다. 그녀의 마음속에서는 거센 파도가
일고 있었다. 내 앞에 놓인 하늘이 그토록 아름다워 보이기는 처음인
것 같았다. 파도가 검은 구름을 조금씩 조금씩 내몰아 가고 있었다.

「당신은 왜 나를 사랑하나요?」

그녀는 나지막한 목소리로 물었다.

「왜냐구요? 마리아, 어린아이에게 왜 태어났느냐고 물어보십시오.
그리고 들판에 핀 꽃들에게 왜 피었느냐고 물어보십시오. 태양에게
왜 비추느냐고 물어보십시오. 나는 당신을 사랑하는 것입니다. 그러
나 그것만으로 대답이 부족하다고 여긴다면 지금 여기 놓은 책, 당신
이 그토록 좋아하는 이 책이 나를 대신해서 말해 줄 것입니다.

　"무릇 가장 선한 것이 우리들에게는 가장 사랑스러운 것이 된다.
우리의 사랑 속에서 유용성이나 무용성, 이익이나 손해, 얻음이나 잃
음, 명예나 치욕, 칭찬이나 비난, 그 밖에 이런 유의 것들이 고려되어
서는 안 된다. 진실로 가장 고귀하고 선한 것은 그것이 가장 고귀하
고 선한 것이라는 이유만으로도 우리에게는 가장 사랑스러운 것이
되어야 한다. 사람들은 이 규범에 따라 안으로나 밖으로나 자신의 삶

을 규제해야 할 것이다. 외면적으로 볼 때 모든 피조물 가운데는 선한 것과 악한 것이 있어, 영원한 선이 다른 것보다 빛나며, 그 어떤 것보다도 많이 활동한다. 영원한 선이 가장 빛나며 작용하고 사랑받는 이유는 그것이 피조물 가운데서 가장 선하기 때문이다. 그리고 그 작용이 가장 작은 것은 가장 악한 선이기 때문이다. 사람이 그 피조물로서 행동하고 그들과 함께 교제함에 있어서 이와 같은 구별을 알고 있다면 가장 훌륭한 피조물이 가장 사랑스러운 것이 될 것이므로 부지런히 그와 더불어 살고 화합되도록 애써야 한다…….

마리아! 당신은 내가 이세상에서 알고 있는 가장 선한 피조물이기에 나는 당신을 사랑하게 되었고, 내게 귀중한 존재가 된 것입니다. 그리하여 우리는 서로 사랑하게 되었습니다. 지금 당신의 마음속에 있는 그 말, 당신이 나를 사랑한다는 그 말을 해주십시오. 당신의 가슴속 가장 깊은 곳에 있는 그 감정을 부정하지 말아 주십시오. 하느님은 당신께 고통스러운 삶을 주었습니다. 그러나 하느님께서는 당신에게 나를 보내주셔서 그 괴로움을 함께 나누도록 하셨습니다. 당신의 고통은 나의 고통이 되어야만 합니다. 배가 무거운 돛을 떠메고 가듯 그 고통을 함께 떠메고 가도록 허락해 주십시오. 돛은 결국 인생의 폭풍을 뚫고 그 배를 안전한 항구로 실어다 주게 마련입니다.」

그녀의 마음은 점점 진정되는 것 같았다. 조용한 저녁놀 같은 가벼운 홍조가 그녀의 뺨에 서렸다. 그녀는 눈을 떴고, 태양은 다시 한번 그 신비로운 광채의 빛을 발했다.

「나는 당신 거예요. 하느님이 그렇게 되기를 원하신 대로 지금의 나 그대로를 받아주세요. 내가 살아있는 한 당신의 것입니다. 천국에 가서도 하느님께서 우리를 보다 아름다운 삶으로 인도해 주시고 당신의 사랑에 대한 보상을 내리시기를 바라겠어요.」

우리는 가슴과 가슴을 맞대고 포옹했다. 나의 입술은 방금 내 생명이 달려 있었던 그 여자의 입술을 부드러운 키스로써 막고 있었다. 우리에게는 시간이 정지하고 있었고, 세계는 사라지고 없었다. 그때 그녀의 가슴으로부터 깊은 한숨이 흘러나왔다.

「하느님, 제게 이 행복을 용납해 주십시오.」

그녀는 소곤거렸다.

「이젠 혼자 있게 해주세요. 더는 못 견디겠어요. 안녕히 가세요, 안녕히. 또 뵙겠어요. 나의 친구, 나의 구원자여!」

이 말이 내가 그녀에게서 들은 마지막 말이었다. 나는 집으로 돌아와 침상에 누워 불길한 예감을 느끼고 있었다. 그런데 자정이 훨씬 넘었을 때, 노의사가 내 방으로 찾아왔다.

「우리들의 천사는 하늘로 날아가고 말았네. 여기에 그녀가 자네에게 남기고 간 마지막 인사가 있네.」

그 말과 함께 그는 편지 한 통을 내게 주었다. 거기에는 언제인가 그녀가 내게 주었고 내가 다시 그녀에게 돌려준 반지가 들어 있었다. '하느님의 뜻에 따라' 라고 새겨져 있는 그 반지가.

반지는 오래된 종이로 싸여 있었는데, 그 종이 조각에는 어린 시절 내가 그녀에게 했던 말이 씌어 있었다.

'당신의 것은 내 것입니다. 마리아.'

노의사와 나는 오랫동안 한마디도 하지 않고 앉아 있었다. 너무나 고통이 커서 우리가 그것을 감당하지 못하게 되었을 때 신이 우리에게 내려주는 영적인 무의식 상태였다. 마침내 노의사는 몸을 일으키더니 나의 손을 잡으며 말했다.

「우리가 만나는 것도 이것으로 마지막일세. 자네는 여기를 떠나야 할 것이고 나야 죽을 날이 얼마 남지 않았으니까. 자네에게 꼭 말하고 싶은 것이 있네. 이것은 내가 일생 동안 고이 간직하고 누구에겐가 고백했으면 하고 바랐던 것이었지. 내 말을 잘 들어주게나.

우리를 떠난 그 영혼은 참으로 아름다운 영혼이었네. 고귀하고 순수한 영혼이었고 깊고 성실한 심성을 가진 영혼이었네. 나는 그 영혼과 똑같이 아름다운 영혼을 알고 있었지. 오히려 그보다 더 아름답다고 할 수 있는……. 그분은 그녀의 어머니였네. 나는 그녀의 어머니를 사랑했고 그분 역시 나를 사랑했지. 그런데 우리 두 사람은 가난했기에 나는 그녀에게 세상의 훌륭한 지위를 마련해주려고 이세상의 삶과 싸웠었네. 그럴 때 젊은 영주가 나의 약혼녀를 보시고 그녀를 사랑하게 되었다네. 영주께서는 그녀를 마음 깊이 사랑했으므로 어떤 희생을 치르더라도 고아인 그녀를 비전하로 삼겠다는 결심을 하기에 이르렀네.

그리고 나도 그녀를 너무나 사랑했으므로 그녀에 대한 내 사랑의 행복쯤은 희생하기로 작정했다네. 그리하여 나는 우리 사이의 모든 약속을 철회한다는 편지를 남기고 고향을 떠났지. 그 이후 그녀를 일생 동안 보지 못하다가 임종의 자리에서 그녀를 다시 만나게 되었지. 그녀는 첫딸을 낳다가 세상을 떠나고 만 것이네. 이제 자네는 내가 왜 그토록 마리아를 사랑했는가를 알겠지. 그리고 내가 왜 마리아의 수명을 단 하루라도 연장하려고 애썼는지도.

마리아는 나의 마음을 이세상에 묶어놓는 유일한 존재였다네. 내가 참아왔듯 자네도 이 삶을 참고 견뎌야 하네. 그리고 쓸데없는 슬픔으로 단 하루라도 허비하지 말게나. 될 수 있는 대로 다른 사람들을 도와주도록 하고, 그들을 사랑하고, 그녀와 같이 아름다운 마음을 가진 사람을 만나고 사랑했다가 마침내는 잃어버린 것까지도 신에게 감사하도록 하게나.」

「신의 뜻이라면..」

하고 나는 말했다.

그 이후 우리는 다시는 만나지 못했다. 그로부터 며칠이 지나고 몇 주일이 지났으며 몇 달이 지나고 몇 해가 지났다. 고향은 내게 타향이 되었고 타향이 고향이 되었다. 하지만 그녀에 대한 사랑은 그대로 남았다.

한 방울의 눈물이 대양에 떨어지듯 그녀에 대한 사랑은 인류라는 대해에 떨어져 수많은 사람들 속으로 스며들어 그들을 에워싸게 되었다. 어린 시절 내가 그렇게도 좋아하던 수백만의 '남' 들을.

　오늘 같은 조용한 일요일. 홀로 푸른 숲속에 들어와 자연의 품에 안겨 있노라면 숲밖에 다른 사람들이 있는지 없는지조차 알 수 없게 되고, 이세상에 오직 나 홀로 있는 것처럼 느껴진다. 그리하여 추억의 무덤으로부터 어떤 동요가 일어 죽었던 상념들이 다시 고개를 들고 일어나며, 사랑이 갖는 그 전능의 힘이 가슴속에 소생하여 나를 신비롭고 그윽한 눈길로 바라보던 그 그리운 존재를 향해 흘러가는 것이다. 그리고 나면 수많은 사람들에 대해 내가 품었던 사랑은 사라지고, 착한 천사인 그 한 사람에 대한 사랑으로 변하고 만다.

　그리하여 나의 상념은 무한하고도 불가사의한 사랑의 수수께끼 앞에서 입을 다물고 마는 것이다.

작가와 작품 해설

막스 뮐러의 생애와 작품 세계

막스 뮐러는 1823년 독일의 데사우에서 태어났다. 그의 아버지는 당시 독일의 낭만주의를 대표하는 서정시인인 빌헬름 뮐러로, 뮐러의 문학관은 그러한 아버지의 영향 아래에서 형성된다. 아버지의 열정적인 교육 때문인지 그는 어릴 때부터 어학에 뛰어난 재능을 보였고, 음악에도 지대한 관심을 보이기 시작했다.

이렇듯 뛰어난 재능을 지닌 막스 뮐러는 1841년 라이프치히대학에 입학, 언어학을 전공하여 학자의 길을 걷게 된다. 그는 언어학에 대한 많은 연구를 하였고, 특히 파리와 런던에 유학하여 범어학의 대가가 되기도 한다. 이러한 계기로 인해 옥스퍼드대학에서 『리그 베다

(Rig Veda)』를 간행하였고, 그 이후에는 대학 교수가 되었다. 1895년
에는 터키 왕의 초청으로 불경 간행에 종사하다가 1900년 77세의 나
이로 생을 마감하였다.

막스 뮐러는 순수문학 작품으로는 『독일인의 사랑』만을 남겼기 때
문에 작가로서의 그의 사상이나 생애를 알아보는 것은 쉽지 않다.
『독일인의 사랑』이 출간되었을 때는 독일에서 그다지 눈길을 끌지
못했기 때문에 더욱 그렇다. 당시에 출간된 카뮈의 『전락』이 노벨문
학상을 수상함으로써 모든 시선이 카뮈에게 돌려졌던 것이다. 하지
만 이 작품에는 당시의 삶에 대한 독일인의 낭만주의적인 시각이 담
겨 있어서 읽는이로 하여금 사랑과 삶을 다시 한번 생각하게 한다.

동양학과 비교언어학의 세계적 권위자였던 막스 뮐러는 『독일인
의 사랑』 외에 『고대 산스크리트 문학가』, 『신비주의학』, 『종교의 기
원과 생성』 등의 저서를 남겼다.

작품 줄거리 및 해설

『독일인의 사랑』은 일생을 병상에서 보내다가 생을 마감한 마리아
라는 여자와 주인공인 '나'와의 관계에서 시작된다. 마리아는 '나'
가 세상에서 만난 가장 아름다운 여자였기에 '나'는 그 아름다운 여
자를 사랑하게 된다. '나'는 단순한 사춘기적인, 어머니의 사랑 같은

플라토닉한 사랑에 머물기를 거부한다. 그리하여 그 여인의 영혼만이 아니라 병든 그 여인의 육체까지 원하게 되는 것이다. 완전한 사랑이라는 것은 영(靈)과 육(肉)의 완전한 일치, 혹은 합일에서만이 가능하다고 믿기 때문이다. 그리하여 그들은 신에 대한 겸손과 믿음으로 완전한 사랑을 구하게 된다.

결국 둘의 사랑은 이루어지지만 마리아가 세상을 떠나게 된다. 이에 주인공 '나' 는 한 여자에 대한 사랑을 인류 전체에 대한 사랑으로 승화하여 살아간다.

이 작품이 다른 낭만주의 작가의 작품과 또다른 감동을 주는 것은 순애보적인 사랑을 보여주면서도 그 이상의 감동을 주기 때문이다. 즉 직접 교훈을 듣지 않으면서도 감명 깊은 훈화를 들은 것 같은 인상을 받는 것이다. 이것 외에도 이 작품의 작품성을 높이는 것은 언어의 활용이 다른 어느 작품보다 탁월하다는 데 있다. 막스 뮐러가 언어학자였다는 점을 감안한다면 그렇게 놀랄 일도 아니지만 언어의 사용과 문학적 감수성의 어우러짐은 어느새 독자를 작품 속으로 몰입시킨다. 단어 하나하나가 살아 숨쉬면서 독자를 먼 상상의 세계로 흡수했다가 다시 현실 세계로 되돌려 놓는 그의 탁월한 언어 사용에서, 독자는 신비감마저 느끼게 된다. 이러한 그의 문장은 산문이라기보다는 명상에서 우러나온 서정시라 부를 만큼 아름답다.

낭만주의적인 뮐러의 세계관에 가장 많은 영향을 끼친 사람은 윌리엄 워즈워스이다. 워즈워스는 영국의 낭만파 시인으로, 자연과 어린 시절에 대한 기억으로부터 향수를 느끼고, 더 나아가 인간의 비애를, 그리고 지혜로운 인간상에 도달하려는 것을 시로 형상화했다. 이러한 워즈워스의 낭만주의적인 문학관은 뮐러에게 많은 영향을 미쳤다.

뮐러에게 영향을 주었던 또다른 한 가지는 동양의 신비주의 사상이다. 그가 터키 왕의 초청으로 불경 간행 일을 한 것만 보아도 알 수 있듯이, 그는 동양의 신비주의에 관심이 많았다. 하지만 그는 신비주의에서 구원을 찾지 않으려는 특이한 태도를 보여주기도 했다. 따라서 그의 유일한 순수문학 작품인 『독일인의 사랑』에서는 서양의 중세적인 경건주의를 바탕으로 하여 동양의 불교적 신비주의 분위기가 물씬 풍기게 되는데, 이것은 어쩌면 당연한 귀결이라 할 수 있다.

막스 뮐러가 독일의 낭만주의를 대표하는 작가는 아니지만 그의 작품에서 그 당시 사람들의 애정관을 볼 수 있다는 점, 그리고 사랑의 의미를 다시 한번 되새겨 보게 한다는 점에서 읽는이로 하여금 많은 고민과 생각을 가져다 주는 작품이라 하겠다.

작가 연보

1823년   막스 뮐러는 독일의 낭만주의를 대표하는 서정시인 빌헬름의
                  아들로 독일의 데사우에서 태어남.

1841년(18세)   독일 라이프치히대학에 입학. 언어학 전공.

1849년(26세)   옥스퍼드대학에서 힌두교 성서 『리그 베다』의 간행 작업 시작.

1850년(27세)   옥스퍼드대학에서 현대언어학 부교수로 재직.

1857년(34세)   『독일인의 사랑』 집필.

1868년(45세)   옥스퍼드대학 비교철학 교수로 재직.

1875년(52세)   총 51권의 『동방 성서집』 간행.

1895년(72세)   터키 왕의 초청으로 불교 간행에 종사.

1900년(77세)   영국에서 사망.